ÇA M'ÉNERVE

Maquette : TATO

www.lepassage-editions.fr

MARIE-ANGE GUILLAUME

ÇA M'ÉNERVE

LEPASSAGE

Tu es conscient, j'espère, Sapiens Sapiens, *que disant*
du mal de l'Homme, tu dis du mal de toi-même…
– Je sais, Maître.
– Et de ton lecteur…
– Je sais, Maître.
– Et tu continues ?
– Ça me fait du bien, Maître.

Jacques A. Bertrand, *Les Sales Bêtes*

À ceux et celles qui, envers et contre tout,
me fabriquent un petit monde où il fait bon vivre.
(Ils se reconnaîtront, ça va de soi.)

Je braille sous la douche (la bohêêêmeu la bohêêêmeu) quand on sonne à la porte. Une rafale de petits coups teigneux. Tartinée de shampoing, je hurle « voilà-voilà » en me fracassant le gros orteil contre la baignoire et je trouve sur le palier un livreur contrarié (il a failli attendre) qui me refile un paquet pour le voisin d'en face. « L'est pas là, je vous laisse le paquet, faut signer. Non j'ai pas de stylo bille, ça me troue les poches. »

Douchée, séchée et vêtue, je descends une pile de journaux destinée à la poubelle jaune et constate avec joie que l'écolo du quatrième a encore balancé sa litière à chat (très usagée) dans ladite poubelle. En bonne citoyenne, j'attrape la chose et la transfère dans la poubelle verte. Ce faisant, je me prends la litière sur les pieds, vu que le sac est percé. Je remonte chercher un balai et changer de chaussures.

Dehors, il pleut dru. Pas le temps d'aller chercher un parapluie, je suis censée prendre un train, et justement, le bus arrive. Je traverse la rue en catastrophe, tout le monde klaxonne, tout le monde m'a vue sauf le chauffeur. Le bus me passe sous le nez en roulant dans une flaque, ça soulève une gerbe de flotte qui m'asperge jusqu'aux lunettes. Je cavale vers la station de métro et trouve un milliard d'usagers sur le quai. Au bout d'un quart d'heure (maintenant on est deux milliards), on nous annonce un « incident de voyageur merci de votre compréhension » – si vous voulez faire chier un maximum d'innocents, jetez-vous sous une rame de métro à une heure de pointe. Prise en sandwich entre une dame trop parfumée et un monsieur pas du tout parfumé, j'attends. Nous attendons. Rien. Je remonte en surface, j'attrape un taxi et j'arrive à la gare pile-poil pour rater mon train. Mais là, coup de bol : après le ding-dong annonciateur de bonnes nouvelles, une voix emplie de neutralité bienveillante (celle du psychiatre qui tente de calmer un tueur en série) annonce que le train 14049 (le mien) partira avec un retard probable de vingt minutes merci de votre compréhension. Je n'aime pas trop le mot « probable » et j'ai raison. Très vite, la probabilité passe à trente minutes merci de votre compréhension, puis, assez brutalement, à une heure merci de votre compréhension. En tout cas, ça n'a pas l'air de leur attaquer le moral : ding-dong, la voix synthétique nous interdit de fumer et nous intime l'ordre de composter nos billets tout en surveillant nos bagages dûment étiquetés. Et puis, avec une gaieté un brin agaçante, elle nous explique : le retard serait dû à des « difficultés dans la préparation du train ». C'est quoi, ça ? Ils ont paumé la loco ? Bref, voilà une journée qui s'annonce bien.

Par pur esprit de vengeance, ce livre traite des nuisances. Pas les nuisances graves, comme la guerre, la mort et les avions qui se cassent la gueule. Non, juste les irritations, les furoncles, les gâchis d'humeur, les casse-couilles en tout genre, les hotlines, la feuille de laitue décorative piégée dans la sauce, les paperasses et les télécommandes, le principe de précaution, le garçon de café qui met trois plombes à noter votre présence, la housse de couette récalcitrante, la langue de bois, les chasseurs d'éléphants, l'anticyclone coincé au-dessus de Bucarest. En gros, tout ce qui énerve (un peu, beaucoup, parfois énormément) et arrive à vous zigouiller une belle journée qui commençait si bien. Vous chantiez sous la douche (On dirait le Suuuuuuud) quand on a sonné à la porte…

UN PONT ENTRE LES GÉNÉRATIONS

Dans le bus, une quasi-centenaire, tremblante comme une feuille de saule en pleine bourrasque, louche sur le siège où est assise une voyageuse un peu plus jeune, fraîchement ménopausée.

– J'veux m'asseoir, j'ai mal à ma hanche, couine la vieille dame.

– Bien sûr, asseyez-vous, madame.

– J'ai tellement mal à ma hanche… Merci.

– C'est rien, je descends, de toute façon.

– On devait m'opérer, mais mon chirurgien a dit qu'il valait mieux attendre. Tandis que Gudule, c'est ma voisine, ils l'ont opérée il y a deux mois et elle gambade comme un chiot. Y a juste qu'elle a du mal à aller aux toilettes, mais sinon elle gambade. Je vais lui dire, à mon chirurgien.

– Hum…

– Ça me tire de là à là, en haut de la cuisse, et vous croyez que les jeunes se lèveraient pour me laisser la place ? Ils sont bien trop mal élevés. De mon temps, on respectait les vieux mais c'est fini, ça. Les jeunes ils sont pourris gâtés. De mon temps, on avait une orange pour Noël et on rouspétait pas…

Cinq stations plus tard, nous en sommes au même point : les jeunes sont mal élevés, de mon temps on respectait, ça me tire, je vais raconter Gudule à mon chirurgien. Si bien que la gentille ménopausée, toujours debout (le « je descends de toute façon » était une formule de politesse), en a ras la casquette et semble au bord de l'implosion. Quand tout à coup, un jeune (mal élevé) enlevant ses écouteurs de ses oreilles, vient à son secours.

– Dis donc, le débris, tu vas nous faire chier longtemps ?

MAIS QU'EST-CE QU'ILS FONT ?

Avant, on avait un bon vieux boulot comme plombier ou instituteur et, en plus farfelu, torero, explorateur ou tsar de toutes les Russies. Tout le monde sait qu'en gros, l'instit attrape des dépressions à essayer d'enfoncer des notions dans les crânes mous des juniors, tandis que le plombier n'est pas libre avant trois semaines bien que vos toilettes soient extrêmement bouchées. Le torero est un type en caleçon rose (très chargé, le caleçon) qui plante des trucs pointus dans les taureaux. (Dans le même genre de caleçon, le danseur étoile trottine sur la pointe des pieds en regardant mourir des cygnes.) Tsar de toutes les Russies, c'était mon rêve de gamine. Pas tsarine, ni princesse, ni des emplois comme ça, trop subalternes. Non. Je voulais être tsar de toutes les Russies. Le pluriel m'éblouissait : il existait donc beaucoup de Russies, quelque part dans la neige, là-bas. Quant à l'explorateur, il part découvrir les Indes et revient tout couillon parce qu'il a trouvé l'Amérique. Quand il entre dans une épicerie, il serre la paluche de la tenancière en disant *Dr Livingstone I presume*, et plus tard, il s'en va pourrir au fond d'une pyramide, victime de la malédiction d'Aménophis IV. C'est un peu triste mais au moins, il y a du visuel. De nos jours, quand on demande à un monsieur ce qu'il fait dans la vie, il répond : coordinateur de flux, concepteur de schémas, expert en com, chargé de mission, économètre, consultant, planneur stratégique, responsable incubateur ou actuaire. Comme on n'arrive pas bien à saisir de quoi il retourne, si on n'a pas trop la flemme, on demande des précisions et on obtient un truc un peu plus long, pouvant varier de cinq minutes à deux heures, mais tout aussi imbitable. On apprend par exemple que l'actuaire analyse l'impact financier du risque en estimant les flux futurs associés. Qu'est-ce que tu veux faire mon petit quand tu seras grand? Actuaire. Pas étonnant qu'il y ait autant de chômeurs.

P.-S. En revanche, j'ai oublié le métier du monsieur qui parlait à la radio l'autre jour, mais il décrivait la naissance du bébé pou avec beaucoup de tendresse : « Il se défroisse, il sort son petit nez... » C'était très touchant, si l'on songe que la quasi-totalité de la planète n'éprouve que détestation pour le pauvre petit pou. (C'est complètement hors sujet.)

LE HOME-STAGER

Lui, au moins, on sait ce qu'il fait, on l'a vu à la télé. Il fait du *home-staging.*

Prenez deux petits vieux qui essaient de vendre leur maison depuis huit mois. Ils ont du mal parce que leur mignonne petite maison n'est pas une villa avec vue sur le Nil et qu'en bas du jardin, il passe un train toutes les quarante minutes. Donc, le *home-stager* débarque avec son équipe, visite les lieux en poussant des couinements d'horreur et explique aux petits vieux qu'il va falloir « dépersonnaliser » afin que l'acheteur puisse « se projeter ». En clair, leur déco c'est vraiment pas possible. Les petits vieux vivent là depuis trente ans, ça les attriste un peu d'apprendre que leur déco c'est vraiment pas possible, mais ils prennent sur eux et continuent de sourire au monsieur qui a sûrement raison. Donc, les lapins en peluche, les napperons, les bibelots bretons, les colliers de nouilles, le papier peint à fleurs, poubelle. La petite pièce du haut, qui fait 9 m^2 et sert d'entrepôt à joujoux pour les petits-enfants, il faut exploiter son potentiel en montrant qu'elle peut faire bureau ET chambre en même temps. D'où l'acquisition d'un petit lit (48 euros), d'un petit bureau (15 euros) et d'une petite armoire (39 euros) – une camelote qui ira directement à la déchetterie après achat de la maison. On repeint tout en blanc, on vire les carrelages anciens complètement démodés, les tapis, les fauteuils, les coussins avec les chats en tapisserie fabriqués par la mamie, les vases néo-kitsch, les photos des petits-enfants sur la balançoire ainsi que la balançoire fabriquée par le papi – tous les bons souvenirs qui empêchent l'acheteur de se projeter. Le tout avec une franche bonne humeur côté *home-stager*, vu que c'est pas ses bons souvenirs à lui. Enfin, le lieu est nickel, impeccablement dépersonnalisé, on dirait une maison témoin. L'acheteur va pouvoir se projeter comme un fou. Mais il passe toujours un train toutes les quarante minutes en bas du jardin.

PAPERASSES

Ayant œuvré jadis en province en tant que modèle aux Beaux-Arts (deux ans) et institutrice (trois mois), j'appelle l'inspection académique concernée afin de collecter les paperasses indispensables au calcul de ma retraite complémentaire. « Bip bip, pour obtenir le service des examens et concours, tapez 1. Pour obtenir le service de la gestion du personnel, tapez 2. Pour obtenir le service de la scolarité et de la vie des élèves (quelle vie ?), tapez 3. Pour obtenir nos coordonnées et autres renseignements pratiques, tapez 8. Pour obtenir l'accueil, tapez 9. Pour réécouter ce message, tapez 0. » Donc, je tape 9 et j'atterris à l'accueil, d'où l'on me renvoie de bureau en bureau parce que mon cas n'est pas simple, paraît-il. On finit par me demander d'écrire avec une enveloppe timbrée. Donc, le 2 octobre, j'écris et je joins une enveloppe timbrée. Le 24 octobre, jour de mon rendez-vous avec la dame de la retraite complémentaire, je n'ai toujours rien reçu. Je rappelle. « Pour obtenir le service des examens et concours, etc. » Je tape 9 et j'obtiens. J'apprends que mon courrier n'est pas perdu, il est toujours là, tranquille pépère, sur la pile où il a été posé trois semaines plus tôt. Si tout va bien, je recevrai l'attestation d'institutrice dans une semaine ou deux. Quant aux Beaux-Arts, la jeune fille n'a pas l'air de savoir ce que c'est, mais, renseignements pris, les Beaux-Arts dépendent de la collectivité territoriale. Il faut donc que j'envoie une enveloppe timbrée. Je m'énerve un peu et la jeune fille récite le message officiel : « Vous pouvez écrire à mon chef de service pour manifester votre mécontentement. » J'écris pour manifester mon mécontentement, dont tout le monde se tape sûrement puisque trois ans après, j'attends toujours la réponse.

LA PSY DE LA COPINE

– Tu sais que j'ai perdu ma sœur quand j'avais neuf ans et que ma mère s'est suicidée un mois après... Eh bien, avant-hier, j'ai rêvé qu'un gros chien bleu assis sur mon canapé essayait de décortiquer une langouste que mon cousin m'avait rapportée du Brésil. Là-dessus, je me suis aperçue que le chien bleu, c'était mon cousin, et tout d'un coup, ma mère est tombée du ciel par un trou du plafond et elle a engueulé la langouste en l'appelant Paulette. (Paulette, c'est moi.) Je me suis mise à pleurer et ça m'a réveillée. J'ai raconté ce rêve à ma psy, qui m'a dit que l'araignée, c'était ma sœur et que je n'avais pas de cousin. Je lui ai répondu que c'était une langouste (pas une araignée) et que j'avais un cousin. Elle s'est mise en pétard : « Vous n'arrêtez pas de me contredire, vous faites un transfert négatif, on ne va pas pouvoir continuer comme ça ! » Tu crois qu'une psy a le droit d'engueuler son client parce qu'il fait un transfert négatif ?

– ?????

L'AVENTURE BALISÉE

On me dit qu'il faut marcher. Que la randonnée, ça épanouit. Une fois, j'ai fait cent kilomètres à pied dans la montagne corse. C'était par pure négligence, on s'était paumés et on tournait en rond, avec, pour seule nourriture, un fromage corse bien mûr gentiment offert par un berger corse. (Le fromage corse a un goût saisissant, surtout quand on n'a plus rien à boire.) Une autre fois, j'ai cru mourir sur le ballon de Guebwiller – à l'aller ça monte sec et au retour, on se zigouille les muscles des pattes arrière à se cramponner à la pente. Mais ça n'était pas de la randonnée, pas plus que les nombreuses traversées de Paris les nuits de réveillon, en quête d'un taxi. C'était n'importe quoi. La vraie randonnée s'appelle « rando » et c'est beaucoup moins marrant. D'abord, ça exige un équipement sérieux : le sac à dos bicolore fluo, la banane, la gourde, huit boîtes de sparadrap, le sac de couchage à capuche, la couverture de survie, la casquette à trous pour la transpiration (ou le mouchoir à nouer aux quatre coins de ma tête bien que ma tête n'ait pas de coins) et, surtout, le couteau suisse multifonctions, trente-neuf en tout, dont une seule m'intéresse : le tire-bouchon. Je ne vois pas bien l'utilité de la clé USB dans un projet de calme et de ressourcement, et la scie à bois m'interloque : va-t-elle arriver à trucider le tronc de baobab qui, à tous les coups, me coupera la route ?

À propos de baobab, il faut savoir dans quel décor on veut s'infliger la punition. Il faut choisir entre la semaine d'observation des marmottes dans le Vercors, la rando linguistique en Andalousie, le trek avec yak en Mongolie Intérieure – le yak étant une sorte de bœuf à cheveux longs plutôt timide paraît-il – ou, plus pépère, le GR 400 : « Sur votre droite, au bout de trente-sept kilomètres, vous découvrirez les vestiges d'un ancien lavoir gallo-romain », dit la brochure. J'en piaffe de joie. En France, soixante mille kilomètres de GR me tendent les bras, dont cent trente-deux à Paris. Grâce aux balises collées aux réverbères, je peux explorer le parc Monceau et le bois de Boulogne. Sinon, je pourrais pas, je suis trop con. Mais si je veux en baver vraiment, il y a le pèlerinage. Un copain a « fait » Saint-Jacques-de-Compostelle. Il a aperçu la cathédrale et visité l'hosto. Là, on lui a dit qu'il ne fallait surtout pas crever les grosses ampoules à fleurs qui ornaient ses doigts de pieds parce que ça s'infecte ces choses-là, et on l'a rapatrié à Paris en avion.

N'empêche, la rando active le transit – sauf en groupe : on manque cruellement d'intimité, on se retient et cette rétention débouche (façon de parler) sur une constipation dantesque – ainsi que la libido. Mais à quoi peut servir cet afflux de libido dans un refuge où trente ronfleurs pas lavés viennent d'enlever leurs chaussettes ? Et puis, bien sûr, la rando permet de redécouvrir la musique du vent, le gazouillis des oiseaux et le parfum des marguerites (ça sent rien). Grâce aux livres que j'ai potassés, je saurai reconnaître les signes que m'adresse mon amie la nature : le « pout-pout » du vison, le « oua-oua-ron » de la grenouille taureau. Par exemple, si quelqu'un fait « BRAÔÔÔHH » à moins de dix mètres, c'est un ours nouvellement implanté dans la région. Je me réjouis également de saluer un lézard au détour d'un rocher. « Bonjour le lézard ! » Au Népal, les sangsues dégringolent des arbres par paquets de douze, en Alsace c'est les tiques. « Bonjour la tique ! » Que d'émerveillements à partager – car je ne suis pas seule, loin de là. On estime à un million (selon la police) ou deux (selon les organisateurs) les Français qui marchent. Par beau temps, ils sont tous sur les sentiers, en train d'emmerder les hannetons. (Voilà à quoi sert la loupe, vingt-septième fonction de mon couteau à trente-neuf fonctions : à visionner de près les hannetons.) Maintenant, ils vont même emmerder les lamas dans le désert d'Atacama, l'endroit le plus aride du monde. Dieu merci, le lama, qui a une sacrée bonne bouille, n'est pas du genre à se laisser marcher sur les pieds. Comme chacun sait, quand lama fâché lama cracher. Et que crache-t-il ? De la salive quand il est juste un peu contrarié. Mais dans les cas graves, il balance une régurgitation gastrique tout à fait dégueulasse. À mon avis, un randonneur est un cas grave. Bon, finalement, je vais aller balader mon chien. J'adore marcher avec un chien. Lui, au moins, il s'amuse.

COMMENT MOURIR EN BONNE SANTÉ

On chasse les bactéries (la plupart des produits se félicitent d'en zigouiller 99 %, mais le 1 % restant est très costaud et se reproduit comme des lapins), les impuretés (très important les impuretés, c'est flou mais ça parle aux femmes), la nicotine, le gras, l'alcool, le sucré, les arêtes dans le poisson, les pépins dans le raisin, les taches tenaces, et maintenant, la position assise. Il paraît que la position assise prolongée favorise l'acquisition d'un cancer. Il faut donc songer, quand on est assis devant un ordinateur, à décoller les fesses de sa chaise et marcher deux minutes toutes les heures. Ça tombe bien : j'ai coutume d'exiler mon paquet de cigarettes dans la pièce voisine pour éviter de taper dedans par pur automatisme. Donc, chaque fois que je me lève pour prendre une clope (toutes les douze minutes environ), je m'immunise contre le cancer. Il semblerait également que rester vautré toute l'année à fumer, picoler et ingérer des pizzas aux huit fromages multiplie le risque par 2715, selon une étude américaine menée sur trois adultes consentants.

LES TÉLÉCOMMANDES

Derrière mon poste de télé, sur le parquet, s'entasse un embrouillamini de spaghettis cuits *al dente* : les fils qui relient la télé à la box, la box au décodeur, le lecteur DVD à la box, la box au téléphone et plus si affinités. Néanmoins, tous ces fils et les trois télécommandes qui régissent l'ensemble sont censés me simplifier la vie. Me voilà donc peinarde, bien calée au creux de mon canapé, prête à regarder un chef-d'œuvre du cinéma arménien, quand le téléphone sonne. Machinalement, j'attrape le premier truc venu et me le colle contre l'oreille en appuyant sur la première touche venue. Comme c'est la commande du lecteur DVD et non le téléphone, le film fait « couic » et retourne au menu général. Comme ça continue de sonner, j'attrape le téléphone fixe mais ça continue de sonner quand même puisqu'on m'appelle sur mon portable. Quand je trouve enfin le portable, planqué sous le chien, le copain a raccroché et m'appelle sur le fixe. Entre-temps, le chat a sauté sur la télécommande du décodeur, ce qui fait que je n'ai plus de télé ni de téléphone – c'est hypersensible, ce système. Après avoir bidouillé quelques touches au hasard, je potasse le mode d'emploi traduit du coréen et, n'y comprenant que pouic, j'appelle la hot line. Je tombe sur un monsieur basé au Maroc qui me fait répéter deux fois mon pedigree (adresse, téléphone, numéro de Sécu, âge de mon chien, etc.), puis me fait exposer trois fois mon problème et, enfin, sur le ton du type qui vient de piger l'équation polynomiale de degré 5 (ça s'appelle une illumination), il me demande si, par hasard, je n'aurais pas déménagé. Parce que, des fois, quand on déménage, ça fiche tout en l'air. Un peu interloquée, je réponds que non, il ne me semble pas avoir déménagé entre 20 h 40 (ça marchait encore) et 21 heures (ça ne marchait plus), je m'en souviendrais. L'air déprimé, le « conseiller » me conseille finalement de rappeler le lendemain, vu que, la nuit, la hot line ne marche pas.

EN TOUTE DISCRÉTION

Je fais la queue au laboratoire d'analyses médicales où j'ai mes habitudes, avec mon bidon de pipi de trois jours soigneusement planqué dans un sac en papier parfaitement opaque. À cette heure-là, avant le boulot, il y a affluence. Si bien que la jeune fille de l'accueil, qui me tient en grande sympathie, a la gentillesse de vouloir me faire gagner du temps. Elle hurle : « C'est pour les urines, madame Guillaume ? »

LA FORCE D'INERTIE

« Hep ! Francis ! Pssstt ! Franciiiis ! Ohé ! » Voilà un quart d'heure que je m'esquinte à essayer de capter l'attention du serveur, en accompagnant mes sifflements et onomatopées d'une gymnastique des bras évoquant le naufragé qui voit passer le radeau de la méduse. Francis est adorable, il me connaît, je le connais, on se connaît, et il est debout au bar, à seulement trois mètres de moi, occupé à rincer des tasses. Normalement, il devrait noter ma présence. Pas du tout. Protégé par son comptoir, penché sur son labeur, peut-être perdu dans ses rêves, il est capable de rester quatre ans le nez baissé, le front bas, complètement sourdingue, autiste. Le garçon de café a une endurance hors du commun, pour ce genre de sport.

CHALEUR HUMAINE

Mon quartier est un village. Je sais tout de ses habitants, ou presque. La vieille dame en rouge a perdu son chat – un œdème pulmonaire qui lui a coûté 460 euros plus, finalement, 150 euros de crémation. Le bijoutier a pris sa retraite après cinquante ans passés dans sa boutique repeinte à la nicotine, et maintenant, son épouse accrochée à son bras, il arpente la rue chaque jour que Dieu fait, comme une âme en peine jamais délivrée de sa mémoire, comme un fantôme revenu culpabiliser les gens qui sont en train de l'oublier – qui voudraient bien l'oublier, mais ils ne peuvent pas, vu qu'il arpente tous les jours. Les huit marchands de lunettes (on est bien équipés en marchands de lunettes) frôlent la neurasthénie, les affaires vont mal ces temps-ci. C'est à cause de la pluie. Ou alors c'est la crise, ou les élections ou l'hépatite C ou les RTT ou le simple fait que huit marchands de lunettes, c'est sept de trop. Une femme sans âge et apparemment « sans histoire », comme on dit, s'est jetée par la fenêtre du quatrième étage un dimanche matin. Elle s'est écrabouillée sur une voiture garée sous sa fenêtre en faisant BOM, d'après la voisine la mieux placée pour visionner le drame. Le boulanger du coin a pu mesurer le taux de connerie de ses proches voisins – ils ont lancé une pétition contre l'insupportable odeur de croissant chaud qui émane de son fournil dès potron-minet. Dans ce chouette quartier qui est un village, une population minoritaire mais très active passe son temps à dénoncer, pétitionner et appeler les flics. Sinon, j'ai un tas de copains avec qui je bois des tas de petits rosés le soir, et une copine avec qui j'avale des tas de petits cafés le matin – après deux heures d'échanges philosophiques avec perfusion de caféine, je travaille mieux. Moins longtemps, mais mieux.

Et les habitants savent tout de moi, ou presque. En tout cas, ils savent que j'ai un chien. Quand je me balade sans laisse avec ce chien au bout, ils s'inquiètent. (Avec la laisse et sans le chien, ça serait pire.) Quand je suis en « méforme » (quel moche mot), pas maquillée, pas repassée, le moral dans les chaussettes et une saloperie de furoncle sur le nez, ils s'inquiètent aussi. C'est très gentil, *vraiment*, on se sent moins seul, mais certains jours, j'aimerais habiter un quartier glacial, de préférence entre la gare de l'Est et nulle part, avec juste des gens qui descendent du train et se tapent complètement de savoir si mon furoncle est là depuis dix ans ou s'il est dû à un abus de charcuterie.

Certains jours seulement…

LE TRAITEMENT DE L'INFO SUR LA CHAÎNE POUR LAQUELLE JE PAIE UNE REDEVANCE

Cinquante pèlerins polonais, qui sont allés en autocar à Fatima, puis à Lourdes, puis à Notre-Dame de La Sallette où la Vierge serait apparue en 1846 d'après une source bien informée, ont chu dans un ravin. Les voies de Dieu étant impénétrables, ça a fait plein de morts et un tas de blessés chez ses serviteurs les plus zélés. Trois ministres sont aussitôt expédiés sur les lieux et un président part accueillir son homologue polonais sur le tarmac, sans parler de la mise en place immédiate d'une cellule psychologique. De nombreux habitants de la région vont se recueillir au bord du ravin, et on nous montre tout ça au journal télévisé pendant trois jours d'affilée (dix minutes chaque fois). D'habitude, les Polonais sont plombiers et mal vus, mais là, c'est des culs-bénits bien vus. La France entière pleurniche, jusqu'au jour où on découvre que c'est la faute au chauffeur : un Polac de vingt-deux ans, soupçonné d'alcoolémie extravagante, qui a pris une route interdite. Le ton change et on oublie mollement.

L'ourse slovène baptisée Franska, qui s'est retrouvée avec l'arrière-train truffé de balles dans un premier temps, puis emboutie par deux bagnoles, avait eu, elle aussi, le culot de contrevenir gravement aux lois de la circulation. Elle avait traversé une route « interdite aux animaux, aux bicyclettes et aux piétons ». Elle ne savait pas lire, mais personne n'a pleurniché.

LE TRAITEMENT DE L'INFO SUR LA CHAÎNE POUR LAQUELLE JE CONTINUE DE PAYER UNE REDEVANCE

Il m'intrigue, ce présentateur du journal télévisé dont les petits yeux pétillent quand un homme politique voit sa carrière foutue, quand un tsunami ravage un pays lointain, quand un tueur fou canarde des gosses. Plus l'info est saignante, plus il pétille. Si ça se trouve, il est né comme ça, avec l'œil allumé, et l'instituteur notait déjà dans son carnet scolaire « élève détestable qui se gausse du malheur des autres ». Le pauvre.

Heureusement, cet homme-là prend ses vacances pendant la période languissante où rien n'incite à pétiller. Il est alors remplacé par un homme plus discret, aux prises avec le néant : la neige plutôt poudreuse à Chamrousse et plutôt collante à L'Alpe d'Huez ; le chassé-croisé des vacanciers avec interview de la famille figée depuis deux heures dans un bouchon particulièrement compact : la famille prend son mal en patience vu que « c'est les vacances » (c'est cool) ; les habitants du camping de Plouescat qui font « contre mauvaise fortune bon cœur » – formule rituelle qu'on peut traduire par « ciré, bottes, chaussettes, rhume et belote » ; ou encore, le reportage rêvé pour choper le Pulitzer : « Rendons-nous dans une maison de retraite de Lyon pour voir comment les personnes âgées se préparent à affronter cette vague de chaleur ». Devinez quoi : elles boivent de l'eau. Parfois, il arrive qu'on ait « frôlé la catastrophe » sans la percuter. Il ne s'est donc rien passé mais caser le mot « catastrophe » dans le « rien » fait grimper l'audimat d'un demi millimètre. Et puis l'homme pétillant rentre de vacances, et coup de bol, une catastrophe nucléaire lui tombe du ciel.

ÉLÉGANCE

Le 26 décembre dès l'aube fleurissent dans les wagons du métro parisien des petits panneaux publicitaires clamant : « Devenez radins, revendez vos cadeaux de Noël. » Quel beau projet de vie. Sans compter les dérives possibles. À partir du 30 juin : « Voyagez peinards, revendez l'aïeule. » C'est vrai, pourquoi s'emmerder avec des trucs moches et inutiles ?

N.B. Néanmoins, si on vous a offert un pouf musical, un poisson électronique – il tourne dans son bocal comme un cinglé – ou le dernier Goncourt, vous êtes tout excusé.

TOUT CE QUE VOUS VOULIEZ SAVOIR SUR LA SHRIMP

Si, comme moi, vous ne parlez pas l'anglais *fluently* et butez sur le mot *shrimp,* allez voir chez monsieur Google et cliquez sur « traduire cette page ». Vous obtiendrez : « *Les crevettes sont la natation, décapodes crustacés classés dans le infraordre Caridea, ont trouvé peu partout dans le monde à la fois douce et eau salée. Crevette adultes sont filtre d'alimentation benthiques vivant à proximité des animaux vers le bas. Ils peuvent vivre dans les écoles et peut nager rapidement vers l'arrière.* »

Donc, *shrimp* y en a être crevette.

EUPHÉMISME

Ma télé vantant les mérites d'une volaille née, élevée et « préparée » en France, Agathe (six ans) me demande : « C'est quoi, préparée ? C'est bien peignée et bien nabillée ? » Non ma petite cocotte, c'est décapitée et plumée.

FIBRE MATERNELLE

Sur la plage, un petit garçon tout blanc tout maigre grelotte dans sa serviette de bain. « Va donc jouer avec les autres enfants, au lieu de rester dans mes pattes », dit l'affectueuse maman. Elle est la seule à ne pas voir que cette simple idée – affronter la meute hurlante des gosses heureux de vivre – le crucifie sur place. Néanmoins, pour peu que vous tentiez timidement, avec moult circonvolutions, d'émettre un avis sur le sujet, elle vous enverra aux pelotes sur le prétexte un peu mince que vous n'avez pas d'enfants. Vous ne pouvez donc pas comprendre.

Dans le train en première classe – on n'est pas chez les prolos –, l'affectueuse maman dit à son fils (4 ans à tout casser) : « Tu me cherches depuis quinze jours, tu vas me trouver ! » À mon avis, le pauvre gosse la « cherche » depuis le troisième mois de grossesse. Ensuite, elle lui enfourne une tétine dans la bouche (il a quand même 4 ans) et le colle devant un écran avec un film. Bien sûr, je ne peux pas comprendre la galère que c'est, d'avoir un enfant aussi exécrable, mais il me semble que cette mère devrait consulter.

COMBATS PERDUS

Dans la rubrique « sadiques patentés », Desproges avait fustigé l'inventeur du fil rouge autour des portions de Vache qui rit. Il n'a pas vécu assez longtemps pour connaître l'inventeur du Truc autour du Machin, c'est dommage. Quand le Machin est un DVD ou un CD, le Truc est une fine pellicule hermétiquement collée qu'on ne peut trucider qu'à l'aide d'un cutter – lequel cutter ne manque pas de déraper pour vous crever l'œil gauche si vous êtes droitier et l'œil droit si vous êtes gaucher. Quand le Machin est une prise de courant, ou une paire de ciseaux, ou une clé USB, il est emballé dans une coque rigide parfaitement inviolable qu'il faut attaquer à la hache. Ils ont peur que ça s'évade ? Quant au bouchon de sécurité, il est de plus en plus performant. L'autre jour, mes toilettes étant gravement obstruées, j'ai dû sonner chez mes voisins pour demander de l'aide afin d'ouvrir le flacon de déboucheur. Ils s'y sont mis à trois et le plus rusé des trois, arrivant enfin à zigouiller le bouchon, s'est pris la moitié du liquide sur son pull-over. Lequel pull-over était, en effet, parfaitement débouché.

Et à propos de toilettes, il y en a dans chaque bistrot et elles sont de moins en moins crades, il faut le dire – bien que certaines personnes, et parfois des demoiselles très pimpantes, ignorent tout du bon usage d'un balai à chiottes, mais passons, là n'est pas mon propos. Il existe même, au Carrousel du Louvre, un lieu dédié où l'on nous propose plusieurs sortes de cabines, dont la moins chère (1,50 euro tout de même) est baptisée « Cabine Tendance ». Ça intrigue. Renseignements pris auprès de l'accorte jeune fille qui récolte le fric, c'est juste les wawas et j'aimerais rencontrer le génie qui a jugé que le mot « tendance » convenait à la situation, mais là n'est pas mon propos non plus. Mon propos, c'est l'énorme rouleau de papier (douze kilos au bas mot) qu'on peut faire tourner pendant dix minutes sans réussir à choper le petit bout qui nous permettrait de tirer le reste. Ou alors on le chope mais il se déchire aussitôt, nous laissant entre les doigts un truc de 4 cm^2 avec lequel on est censé se torcher.

Passons sur la chaussette systématiquement avalée par la machine à laver, les briquets et autres stylos bille achetés par douze le mardi et TOUS évaporés le jeudi, ou l'étui à parapluie trop serré pour que le parapluie, une fois utilisé, consente à y retourner sans faire d'histoires – il suffirait d'ajouter un millimètre de tissu, mais on n'ajoute pas. Ce ne sont que des broutilles et il y a mieux : la housse de couette qui, au début, a fait la joie des feignants. Pas de draps ni de couvertures à tirer au cordeau – un geste, on tapote, et hop, une corvée expédiée. Quand je dis « au début », c'est avant le premier changement de housse. Avant le premier combat avec cette entité molle qu'il s'agit d'enfiler dans une entité encore plus molle en ajustant les bons coins de la première aux bons coins de la seconde – sinon, on obtient un zigzag qui ne mène à rien de correct. Il semble que la seule façon de s'en sortir glorieusement soit d'entrer soi-même dans la housse, debout sur une chaise, et de tenir à deux mains les coins de la housse tout en attrapant avec les deux autres mains les coins de la couette afin de les mener à tâtons jusqu'aux coins de la housse. (Compris ?) Après, il faut penser à ressortir. Ça vous a un petit côté *Casper le fantôme contre le zombie* – très sympa mais c'est le zombie qui gagne, d'autant que le commun des mortels n'a que deux mains. L'autre solution consiste à changer sa housse une fois par an, le 1er janvier de préférence. Avec une bonne gueule de bois, on est dans le mood – *in the mood*, en VO.

(Le top, c'est le changement de housse avec chat. Pour peu qu'il ait le tempérament ludique, il en rigole encore trois jours après.)

DERNIÈRES NOUVELLES DU FRONT

Qu'apprends-je ?

Info nationale

Un vent de panique souffle sur les marchés boursiers, les otages viennent d'atterrir sur le tarmac, on met en place une cellule de crise, le pronostic vital est réservé, le moral des ménages est en baisse, le consensus est mou, la polémique rebondit, on est sur une *vraie bonne nouvelle* pour ceux qui ont un problème de colle à dentiers.

Info régionale

Rien ne prédisposait Marcel Trominet, né en Haute-Savoie de parents pianistes, à devenir champion de brasse papillon. Les retraités du Clos des Hiboux, invités à une après-midi bingo dans le salon d'honneur de la mairie, n'ont pas boudé leur plaisir, et sans l'intervention déplacée de quelques jeunes gens éméchés, la fête aurait été complète. Samedi soir au Casino de Mouffe-les-Bains, la chanteuse Jo Pinson (un petit bout de femme qui a tout d'une grande) a conquis son public : malgré une salle presque déserte pour cause d'intempéries, la soirée s'est déroulée sous le signe de la bonne humeur.

L'HYGIÉNISME RABAT-JOIE

Mon petit chien adore les bébés – ceux qui ont suffisamment grandi pour être à sa portée, assis dans une poussette au ras des pâquerettes. Il lèche la main du bébé d'un tout petit coup de langue. Le bébé rigole, il est content. Le chien remue la queue, il est content aussi. La mère excédée sort une lingette de son sac et astique vigoureusement la main du bébé, qui se met à hurler. À partir de ce jour, le bébé va détester les chiens (ou sa mère) et le chien va avoir peur des bébés.

GASTRONOMIE

Zont vraiment besoin de nous coller en déco la feuille de laitue qui marine dans le jus sur le bord de l'assiette ? Comme personne ne la mange jamais, je les soupçonne de la passer sous le robinet pour la refiler au client suivant. Ça ne serait pas étonnant, j'ai connu un cuisinier italien qui lavait les nouilles quand, par erreur, il avait servi la chose avec sauce bolognaise alors que le client souhaitait la sauce pistou. C'était une consigne du patron : « Vont pas nous faire chier, la sauce c'est toute la même (*sic*). »

ENTOURLOUPE ET ENFUMAGE

Un chirurgien à côté de ses pompes, qui devait enlever à une vieille dame un rein cancéreux, lui a barboté l'autre, celui qui marchait bien. (Mince alors j'ma gouré.) Cette gigantesque connerie est rebaptisée « erreur d'appréciation » par le représentant de l'hôpital qui a le bon goût d'afficher une mine navrée. L'étranglement pratiqué par un flic sur un expulsé refusant de grimper dans l'avion – ça sert à étouffer les couinements d'angoisse susceptibles d'indisposer la clientèle payante – s'appelle « régulation phonique ». Parce que étrangler c'est mal, tandis que réguler, on ne voit même pas ce que ça veut dire. Si des femmes et des bébés se font bombarder lors d'une frappe « chirurgicale » – décidément, la chirurgie ne fait pas dans la dentelle –, ça s'appelle un « dégât collatéral ». C'est comme un dégât des eaux, chiant mais pas trop grave. Quant à SDF, c'est un peu comme DRH : trois lettres et pas de visage.

Il fut un temps où, en dehors des jeunes et des

riches – dont l'appellation n'a pas changé vu que c'est sympa d'être jeune, ou riche, ou les deux à la fois –, on avait des vieux, des aveugles, des concierges, *Blanche-Neige et les sept nains,* des femmes de ménage, des cancres qui roupillaient à côté du radiateur, des sourds, des Noirs et des chômeurs. Maintenant, grâce à cette curieuse manie de ne plus jamais appeler un matou un matou, on a des personnes du troisième âge rebaptisées seniors (le mot « âge » évoquant trop clairement une nuisance), des non-voyants, des gardiennes, *Blanche-Neige et les sept personnes à verticalité contrariée* (les non-nains ayant sans doute la verticalité épanouie), des techniciennes de sols, des « élèves en situation de réussite différée » (je rêve), des malentendants, des personnes de couleur (elles sont vertes ?), des demandeurs d'emploi rebaptisés « ressources humaines disponibles » parce que « demandeurs », ça humilie le chômeur. Mais parfois, la personne concernée par cette anesthésie du langage a le bon goût de trouver ça ridicule. Un jour à la radio, un distingué linguiste tenait absolument à rayer le mot « illettré » de notre vocabulaire. Il valait mieux d'après lui dire « apprenant » parce que « illettré », c'était blessant pour l'inculte. Il avait d'ailleurs sous la main une apprenante et il tenait absolument à ce que cette femme exprime son sentiment négatif sur le terme « illettré ». « Que pensez-vous de ce mot, madame, franchement ? – Jamais entendu ce mot-là. Moi j'appelle ça quelqu'un qui sait pas lire. – Ah bon », a marmonné le linguiste de fort mauvais poil.

Imaginons le pitch d'un roman qui obéirait à cette loi : « Une personne verticalement contrariée, technicienne de surface de son état, s'est récemment pacsée à un malentendant rescapé d'une erreur d'appréciation et vit dans une zone de non-droit avec ses douze enfants, dont huit sont en situation de réussite différée. Comme elle ne peut plus casquer les factures, elle se fait sauter la cervelle. » C'est invendable, sauf la fin.

Et à propos de roman, il y a deux sortes d'écrivains : ceux qui se sont taillé un joli succès d'estime, et, pour faire simple, ceux qui ont du succès tout court – la différence se situant au niveau des liquidités. Faisant partie de la première catégorie, celle qui rame pour payer son caviar, je trouve l'expression employée généralement – « écrivain qui n'a pas trouvé son public » – un peu violente. Je vote pour « écrivain en situation de célébrité précaire et de richesse procrastinée », ça respire l'espoir et la bonne humeur.

APRÈS MOI LE DÉLUGE

On a vu disparaître sans trop s'inquiéter les coquelicots et les bleuets des champs. On a vu disparaître le perroquet de la Guadeloupe, bouffé par l'Homme. On voit disparaître les abeilles, les gros glaçons et les ours qui vont avec. Dix-huit mille espèces sont menacées et une espèce s'éteint toutes les vingt minutes. Quand l'Homme disparaîtra, il n'y aura plus personne pour applaudir. Dommage.

Dieu merci l'écologie veille : un ami architecte travaillait sur un projet de bâtiments universitaires parisiens, mais voilà que l'endroit héberge trois grenouilles hyper rares – le modèle à cornes. Les travaux sont donc reportés, dans l'attente d'un protocole ménageant une coexistence raisonnable ou le départ des grenouilles.

AMBIANCE

Nous sommes le 31 mai, je fume tranquillement ma cigarette en baladant mon chien quand une vieille taupe à voix de crécelle me saute dessus :

– Je croyais que c'était la journée mondiale sans tabac !!!

– Et la journée sans casse-couilles, c'est demain ?

Le fumeur est très mal vu : il pue et file le cancer passif aux honnêtes gens. C'est un pauvre type qui passe l'hiver à manger des croque-monsieur aux terrasses chauffées des gentils bistrots qui chauffent leurs terrasses – ça énerve les lutteurs contre le tabagisme, ils font des procès, et bientôt, le fumeur passera l'hiver à manger des croque-monsieur dans le blizzard. Il faut vraiment être con, alors qu'avec un peu de volonté… (Mais le fumeur est un genre de mollusque totalement dépourvu de volonté. Il arrête, il reprend, il arrête, il reprend.) Et puis, quand l'été arrive, le non-fumeur ressort à l'air libre, redécouvre les terrasses et s'offusque de devoir partager SON soleil À LUI avec cette engeance nauséabonde.

De plus, du strict point de vue des droits du consommateur, le fumeur est traité comme un moins que rien : il paie de plus en plus cher un produit de plus en plus immonde, vu que, depuis l'invention de la clope anti-incendie en novembre 2011, ladite clope s'éteint dès qu'on cesse de tirer dessus trois secondes. Quand on rallume, on a l'impression de fumer un cendrier froid assaisonné d'un brin de rat crevé. Sans parler des jolies photos qui ornent ses paquets de cigarettes : poumons niqués, tumeurs bourgeonnantes, dents déchaussées… Malheureusement, ces images obscènes et anxiogènes n'obtiennent pas le résultat escompté puisque les jeunes se sont mis à les collectionner, comme jadis les Crados : je t'échange celui qui dégueule contre celui qui se torche le cul. (Ils ont arrêté assez vite, le choix des images étant trop restreint et l'imagination des graphistes consternante.)

Il paraît de surcroît que le fumeur creuse le trou de la Sécu. Là, j'ai un doute. Étant donné que fumer tue prématurément (on le saura), qu'est-ce qui coûte le plus cher ? Le fumeur qui va claquer relativement jeune, en six mois, d'un cancer du poumon ? Ou, grâce à cette fameuse espérance de vie dont on est si fiers, des palanquées de pauvres petits vieux branchés à des tuyaux, les fesses pleines d'escarres, ou piégés au fond de jolis mouroirs repeints en rose, ne sachant même plus pourquoi ils vivent si longtemps et si ça ressemble encore à une vie ? Sur le coût respectif des fumeurs et des vieillards dépendants, je n'ai pas d'avis, je ne sais pas compter. Mais personne n'est d'accord là-dessus, ça fait débat, ça additionne des chimios et autres ablations de poumons, ça soustractionne des pensions de retraite et des fauteuils roulants, ça multiplie par 28 et ça divise par 57, ça s'engueule énormément sur les blogs – les abstinents les plus teigneux allant jusqu'à prier pour que les fumeurs claquent avant de toucher leur retraite, la somme ainsi épargnée rattrapant (peut-être) le prix élevé des traitements qu'ils auront subis avant. C'est pas formidable ? Un peu timide, peut-être. Moi je dis que les fumeurs, on devrait les emmener chez le véto et les faire piquer le jour de leurs 50 ans. Et aussi les alcooliques, les chômeurs, ceux qui se font écrabouiller en dehors des clous, les salopes qui se font avorter, ceux qui bouffent du lard avec un cholestérol à 2,5 – bref, toute cette population qui se conduit mal. Comme ça, les autres seraient mieux soignés et pourraient vivre éternellement – du moins, c'est ce qu'ils ont l'air de croire.

LES ENVAHISSEURS

D'éminentes personnes ont étudié les conséquences du stress sur les mouches. Un stress modéré aurait un impact positif, à condition que la mouche soit stressée jeune. Par exemple, la mouche junior qui reçoit un petit coup de froid une heure par jour gagne 20 % de vie, et si on la met dans une centrifugeuse pendant deux semaines… Zut, ça avait l'air passionnant, mais voilà qu'une pub se plante au milieu de mon écran, OXYGÉNEZ VOTRE BUDGET, et refuse de décaniller. En général, on peut cliquer sur une petite croix pour fermer – on n'arrive pas à fermer parce que le truc tremblote et on clique à côté de la croix, si bien qu'on se retrouve dans la pub quand même – mais là, rien du tout. Je ne saurai jamais comment se comporte la mouche junior dans une centrifugeuse. En revanche, je sais ce qu'il faut faire pour accéder à une « gestion moins crispée » de mes trois euros six sous.

OÙ Y A DE LA GÊNE

J'entre dans un compartiment de métro assez plein, je me dirige (calmement) vers la seule place assise restante et, donc, je m'assieds. S'asseoir consiste à plier les genoux et poser ses fesses sur un siège. Là, je pose mes fesses sur quelque chose de mou – ou plutôt quelqu'un de mou, et plus précisément une bonne femme qui a réussi à se glisser, en passant par derrière, entre le siège et mes fesses. Je bondis – ça fait drôle – et tout le monde se marre, sauf la dame, qui reste vissée à SON siège, le visage parfaitement impassible. On sent qu'elle n'en décollera sous aucun prétexte, même si tout le compartiment se fout de sa gueule jusqu'au terminus. Et on suppute qu'elle s'est longuement entraînée pour atteindre cette virtuosité.

MIGRATION

Avant, j'adorais déménager. J'aimais changer d'air et de nuisances, quitter un voisin trompettiste pour l'heureux propriétaire d'un perroquet capable de hurler le mode d'emploi du lave-vaisselle en cinq langues. J'adorais imaginer dans un appartement vide la place idéale pour le canapé, les bandes dessinées et les futurs paquets de nouilles. Je ne comprenais pas pourquoi, sur l'échelle du stress, cet événement se situait entre le deuil et le licenciement. Il faut dire qu'avant, déménager était une partie de plaisir. Cinq ou six amis (des vrais, pas des relations de cocktail) arrivaient dès potron-minet, garaient joyeusement le camion devant chez moi et se mettaient à escalader les escaliers en rigolant, l'un portant un cactus, l'autre dix kilos de vieux bouquins. Une fois l'embarquement terminé, on s'en allait déjeuner à une terrasse ensoleillée tandis que cinq amis tout neufs arrivaient pour décharger le camion à la nouvelle adresse. Et le soir, champagne pour tout le monde.

Maintenant, les amis sont rouillés, ils ont des sciatiques, des vertèbres trouées, parfois même des spondylarthrites ankylosantes, et, dans l'ensemble, une vision moins riante de l'événement. Je fais donc appel à des déménageurs et je commence par demander un devis – par téléphone, c'est plus amusant : la dame du standard me questionne longuement sur la taille de l'armoire, le diamètre de chaque casserole, le poids de chaque acarien, la distance exacte entre la porte de l'immeuble et le bord du trottoir, et à la fin, elle me propose un prix tout à fait alléchant qui aura augmenté de 30 % à réception de la facture.

Arrive le jour du déménagement lui-même, qui est beaucoup moins ludique que jadis. D'abord, j'attends. Une heure et demie seulement – record largement battu par une ancienne voisine qui, voulant migrer de Paris à Dijon, avait attendu du mardi matin au jeudi après-midi. Le jeudi matin, elle projetait de se retrancher dans un bureau de poste avec fusil à pompe et prise d'otage. Alors que je me ronge les ongles, assise sur un carton étiqueté « bidules », ils arrivent enfin – trois hommes, des vrais, des qui perdent pas leur temps à papoter. Je suis toute jouasse de leur annoncer qu'ils disposent d'un superbe ascenseur très spacieux, mais bizarrement, je n'ai jamais vu un déménageur s'extasier devant un superbe ascenseur très spacieux. En effet, le petit teigneux planté devant l'ascenseur – sur trois déménageurs, il y a toujours deux grands gentils et un petit teigneux – se gratte la tête et grommelle : « Ben merde, ça va pas être facile ! » J'omets donc de lui dire que, sur le lieu d'arrivée, il disposera d'un escalier branlant avec virages abrupts et, collée au mur, je les regarde passer et repasser en affichant un sourire pacifique, les priant de bien vouloir m'excuser quand, par malheur, ils m'écrabouillent les arpions. L'affaire étant expédiée en trois quarts d'heure – sauf le cactus, abandonné sur le balcon parce que les déménageurs détestent les cactus –, je commence à me dire que je tiens le bon bout, quand le petit teigneux annonce la pause déjeuner. Il est 11 h 10. J'ai quartier libre pendant deux heures. Que faire ? Je pourrais rester là à ruminer le bilan de mon séjour dans ce *home sweet home* dont il ne reste qu'une chaussette solitaire et le gras agglutiné derrière la cuisinière – ça ou relire des lettres d'amour vieilles de dix ans, c'est un exercice très vivifiant que je vous recommande. Mais je décide d'aller apprivoiser mon futur logis. Excellente idée : je découvre qu'il est moins lumineux que prévu (aujourd'hui, il flotte), que toutes les voitures qui traversent Paris dans le sens est-ouest passent sous mes fenêtres, que le *superbe* deux-pièces de 50 m^2 en mesure 38 à tout casser et que le « charme » annoncé tient sûrement au fait que la cuisine est plus petite que les chiottes – je n'avais pas eu le temps de considérer ce détail. Enfin, les trois hommes reviennent, légèrement pompettes, et se dépêchent de déposer mes petites affaires n'importe comment – sont pressés, vont aux putes (*sic*). Et je me retrouve seule avec cinquante cartons et un cactus déprimé, comprenant enfin cette histoire d'échelle et de stress.

SUPERBE 20 M² STYLE LOFT

Mais pourquoi donc ai-je signé pour ce deux-pièces qui me plaît moyennement, vous demandez-vous. Parce que les propriétaires sont des gens extrêmement pointilleux. À défaut de pouvoir louer son appartement à un fantôme qui casquerait le loyer sans occuper les lieux (c'est-à-dire sans saloper la moquette), le propriétaire lambda n'accordera sa confiance qu'à un fonctionnaire sans enfants, ni chats ni chiens ni plantes vertes, ou, à la rigueur, à un salarié normal gagnant cinq fois le prix du loyer et cautionné par deux milliardaires motivés. Certes, le propriétaire adore l'écrivain (quel joli métier) et le questionne longuement sur le délicat problème de l'inspiration – où va-t-il chercher tout ça ? – mais au moment d'aborder l'autre délicat problème (la location), il rechigne à lui confier son local. Il en est d'ailleurs tout contrit et sincèrement navré. Déménager est donc devenu un calvaire pour tout un chacun, et plus encore pour les saltimbanques de mon espèce qui ont un chien et un chat mais pas la moindre fiche de paye. De plus, le propriétaire se fait parfois une haute idée de son bien, nettement trop haute – et il se blesse si vous avez le malheur de glisser la moindre remarque sur le rapport qualité-prix. C'est ainsi qu'avant de « choisir » ce deux-pièces, j'ai visité cinquante-deux trucs dont la plupart ressemblaient à des morceaux de bidonville : entrée directe sur cuisine graisseuse avec douche plantée au milieu, cheminée (bouchée) dans le couloir, toilettes (bouchées) sur le palier, fenêtres démantibulées, baignoire tapissée de moquette pourrie, papiers peints en loques, etc. (On se demande pourquoi on est censé reboucher le moindre trou de punaise quand on quitte un appartement.) Si bien que le jour fabuleux où, enfin, le propriétaire d'un logis à peu près correct accepte mon dossier, je signe sans trop barguigner.

LA COMÉDIE ALLEMANDE

Mon journal télé me conseille une comédie allemande, ce soir. J'ai un petit doute sur le mot « comédie » curieusement assorti au mot « allemande » mais je regarde. Il s'agit d'un cancéreux en phase terminale qui convoque ses amis pour les expédier en mission : ils doivent lui ramener sa petite amie qui l'a quitté dix ans plus tôt. Ils la trouvent, elle débarque sans enthousiasme exagéré, il ne se passe quasiment rien, on se fait chier pendant trois quarts d'heure au bout desquels le cancéreux meurt au bord d'une route de campagne – je ne sais pas trop de quoi il meurt car j'ai dû m'assoupir, mais j'avais raison de me méfier du concept « comédie allemande ».

LA SÉRIE ALLEMANDE

Les scénaristes de séries allemandes sont particulièrement poussifs, ou alors ils nous prennent pour des truffes et c'est désobligeant. Trois flics assis dans un bureau de commissariat sont occupés à réfléchir aux intentions d'un braqueur fraîchement sorti de prison. Ils écoutent les mouches voler, personne ne bouge, même pour aller chercher un café, ça ferait des mouvements de caméra inutiles. Quand, tout à coup, le flic n° 1, pris d'un élan inattendu, semble poser les bases d'une hypothèse.

Flic n° 1 au flic n° 2 : Il avait combien d'argent, à sa libération ?

Flic n° 2 au flic n° 3 : Combien ?

Flic n° 3 : 2 500 marks *(c'est une vieille série)*.

Flic n° 2 : 2 500 marks ???

Flic n° 3 : Ça fait une somme…

Flic n° 1 (soucieux) au flic n° 3 : T'es sûr ?

Flic n° 3 (soucieux) : Je vais vérifier mais on perd du temps, là…

UNE PETITE PUB

Une pauvre évaporée nous explique que, toujours le même parfum dans la « pièce à vivre » (dans les autres pièces, on meurt ?), ça finit par lasser la ménagère. Tandis qu'avec la bombe Bambupire, le parfum change automatiquement toutes les quarante-cinq minutes. Nous en sommes donc à ce degré de civilisation : pendant que la moitié de la planète bouffe des cailloux, des gens compétents planchent sur ce problème crucial : le parfum qui change toutes les quarante-cinq minutes. De toute façon, qu'il change ou pas, ça pue tout autant.

LE JOURNALISTE TRAUMATISÉ

Tout petit, on lui a appris à ne pas faire de répétitions dans ses textes. Alors il fuit la répétition. Et pour ne pas répéter le verbe « dire » quand il fait parler quelqu'un – lequel verbe a l'avantage de la discrétion, un peu comme une virgule –, il choisit, au pif : indique, signale, sourit, détaille, avoue, précise, conclut, s'amuse, ajoute, plaide, estime, reconnaît, élude, juge, savoure, analyse, déclare, redoute, tonne, confirme, explique, s'énerve, se réjouit, s'excuse, enchaîne, souligne – sans trop se soucier de la pertinence de son choix. Exemple : « Ils font chier, c'est rien que des faux culs », a *indiqué* le délégué syndical.

RÉINSERTION

Pour divertir le téléspectateur ratatiné d'angoisse au vu de l'actualité planétaire, on lui présente en fin de journal un petit reportage chargé de lui requinquer l'optimisme. Aujourd'hui, il s'agit d'une marginale toxico qui, jusqu'à maintenant, s'était spécialisée dans les conneries antisociales. Les gentils bénévoles qui l'aident à se recadrer depuis trois ans se félicitent. Ils lui ont trouvé un job de ramasse-crottes dans un haras. Maintenant, elle se sent intégrée à la société. On espère qu'elle aime les chevaux.

LES HOMMES, LES VRAIS

Un vieux roi espagnol (très nul comme roi, 24,63 % de chômeurs) s'est abîmé la hanche alors qu'il s'amusait à chasser l'éléphant au Botswana. Ce même roi avait buté son frère cadet d'une balle dans le front en 1956. (L'avait pas fait exprès.) Et son petit-fils de 13 ans, digne rejeton de cette lignée d'abrutis, s'est récemment tiré une balle dans le pied. On va pas pleurnicher. Chasser l'éléphant, c'est carrément minable : l'éléphant est pacifique (sauf si on lui met un pétard dans le cul), il se déplace avec une sage lenteur et il est si gros que, pour le louper, il faut tenir le fusil à l'envers. Dans le même genre d'exploit, je me rappelle avoir vu un reportage, en caméra cachée, sur un nouveau style de safari d'une classe folle. On mettait une lionne d'un côté d'un haut grillage et son bébé de l'autre côté. C'était fair-play : à chaque bout du grillage, à vingt mètres, il y avait une issue, elle pouvait donc s'échapper. Mais cette conne s'obstinait à essayer de lécher son petit à travers les trous du grillage et un connard la flinguait. Point barre. Il semble également que, Brejnev ayant quelques difficultés à viser juste sur ses vieux jours, on lui facilitait le boulot en saoulant les bestioles ou en les attachant à un arbre. L'avait plus qu'à faire POUM. Formidable décharge de testostérone, fierté du mâle dominant, supériorité incontestable de l'homme sur l'animal. Ils savent pas tricoter, ces gens-là ? Ça calme bien, le tricot.

« JE NE SUIS PAS À LA MODE ET J'EMMERDE CETTE DICTATURE*. »

Comme nous marinons depuis une plombe dans la salle d'attente d'un médecin qui prend ses rendez-vous de façon à caser deux clients dans un seul quart d'heure (c'est irréaliste et le client de 16 h 15 peut espérer passer vers 18 h 45), feuilletons les revues laissées à notre disposition. Les revues féminines puisque nous sommes une femme.

Chouette, le numéro « spécial rondes », qui fait toujours un tabac, vu que, bizarrement, il a l'air de concerner tout le monde : celles qui ont été rondes, celles qui le sont, celles qui ont une copine ronde, celles qui ne veulent surtout pas le devenir et même celles qui s'en foutent (moi). La ronde qui pose en couverture affiche sans vergogne un excédent de cinquante grammes, et les actrices éternellement convoquées pour illustrer la chose (Monica Bellucci et Laetitia Casta) ont réussi à regrouper tous leurs kilos superflus dans les seins. Dieu merci, dans les pages mode, la créature de service retrouve un volume normal – trente kilos pour 1,70 mètre, genre sardine. Sinon, j'apprends avec stupeur que, si je veux maigrir, je dois bouffer des endives plutôt que des camemberts.

Très rassembleur aussi, le numéro spécial petits prix. Voyons ça. Le short en soie domestiquée est à 195 euros seulement, la petite robe fleurie à 412 euros, la besace (20 cm sur 14) à 690 euros. (C'est du python d'Andalousie, pas de la vache auvergnate.) Au final, rien en dessous de 150 euros. Enfin, rien de consistant. Juste la paire de chaussettes et le pull en acrylique beige dont on suppute vaguement qu'au premier essorage, il entrera dans la catégorie torchon.

Voilà qui est intéressant : la dernière *it-girl* du moment – pour les béotiens, la *it-girl* est une jeune femme dont la célébrité, généralement éphémère, ne doit rien à un quelconque talent personnel – nous dévoile enfin ses secrets de beauté. Surprise : elle ne se maquille jamais, mais alors jamais ! (Un soupçon de fond de teint, un nuage de poudre, un brin de fard à paupière, un rouge à lèvres quasi invisible et un méchant coup de Photoshop, c'est tout.) En revanche, tous les soirs avant de dormir, elle se tartine, en masque de huit millimètres d'épaisseur, une petite crème miraculeuse qu'elle adooooore parce qu'elle est « gorgée » (0,2 %) d'huile de truffe. À 430 euros le pot. Moi aussi j'adore. Et surtout, elle boit du thé. Moi aussi je bois du thé. À part ça, Jennifer Aniston, dotée d'une chevelure que *toute la planète lui envie*, utilise du shampoing pour chevaux – toute la planète est sidérée – et Victoria Beckham est raide dingue des cosmétiques au placenta de mouton, mais je commence à fatiguer. Voyons la suite.

« Comment éviter le *fashion faux-pas* ? » Ça, c'est crucial. On est *hype* ou on ne l'est pas – le mot *hype* pouvant évidemment se traduire par *trendy*. Il semblerait qu'afficher du lourd de la tête aux pieds (pour un total de 8 000 euros) soit incroyablement plouc. La vraie *modeuse* mixe avec audace une pièce *casual* (des pompes signées André) et une pièce « forte et désirable ». La pièce forte et désirable étant généralement un *it-bag* à 8 200 euros – pour les béotiens, le *it-bag* est un sac repéré au bras de n'importe quelle people femelle créchant à Los Angeles, toujours hors de prix, jamais pratique et souvent moche. Dans le même style « osons le choc », la modeuse sait dédramatiser une tenue : le T-shirt Mickey sur la jupe de notaire, ça dédramatise bien. Sinon, l'ensemble blouson *oversize* (on peut y glisser un ours polaire) et nano sac (on peut y glisser une carte bleue) est très bien vu également, ainsi que le short en caoutchouc, mais sans casquette, surtout ! La casquette, ça vous étouffe une silhouette. Quant à la *youngtimer* – rien à voir avec la modeuse –, elle cultive le *no look* dans la droite ligne du *full spirit* prôné par les *nineties*. La formulation impressionne, mais ça veut seulement dire qu'elle porte un jean pourri avec des baskets et une chemise à carreaux, comme « l'icône ultime » de l'époque, Kurt Cobain – chanteur guitariste de Nirvana, hypersensible et malheureux comme pas permis, héroïnomane, suicidé (ou assassiné, on sait pas) à 27 ans. Le seul point commun entre la *youngtimer* et l'icône ultime est donc la chemise à carreaux.

Et puis, parce que les femmes ont aussi quelque chose dans la tête, et que, justement, la campagne électorale bat son plein, on risque un brin de politique en donnant la parole aux lectrices. Que feraient-elles si elles étaient présidentes ? Houlàlà ! Prise de chou phénoménale. Résultat : la première supprimerait les bottes blanches parce que c'est une VRAIE faute de goût, la deuxième interdirait les terrasses aux fumeurs en été, la suivante multiplierait par cinq les taxis parisiens. Avec ça, on n'a pas le cul sorti des ronces.

* Phrase piquée à un magazine féminin qui vole nettement plus haut que les autres, dont le titre évoque l'héroïne des *Misérables* avec une faute d'orthographe. On y trouve, entre autres perles, des petites annonces glanées par-ci par-là, dont celle-ci : « Bonjour, je vends à contrecœur le dentier de ma belle-mère qui a servi 17 repas seulement. »

MA MÉMOIRE EST TROUÉE

Une copine s'inquiétait l'autre jour parce qu'elle avait oublié le nom du copain d'enfance d'Henry VIII. Franchement, je la trouve en forme. Se rappeler que ce type-là avait un copain d'enfance, c'est déjà très bien, si l'on considère que je n'arrive même pas à boire une tasse de thé. Comment m'y prends-je ? C'est très simple. Je mets l'eau à frémir et j'oublie. Quand ça me revient, l'eau a si bien frémi que la casserole est vide. Je recommence en surveillant le frémissement (c'est ennuyeux), je verse l'eau dans la théière et je vaque à quelques menus travaux en attendant que ça infuse. Quand je retourne voir où nous en sommes, ça n'a pas infusé, j'ai oublié le thé. Je recommence avec du thé et je retourne vaquer. Une heure plus tard, c'est imbuvable. Je réitère, en surveillant cette fois frémissement ET infusion (c'est carrément barbant). J'obtiens enfin un thé correct, mais, distraite par un coup de fil intempestif ou n'importe quel autre non-événement, j'oublie de le boire. (Ça marche aussi avec la tisane.)

Et il n'y a pas que le thé. Je cherche désespérément, jusque dans les endroits les plus improbables, des paperasses hyper importantes (je les retrouve deux jours plus tard dans le classeur adéquat, vu que je les avais rangées mais j'ai oublié), je cherche ma brosse à dents (elle est dans ma bouche), j'essaie d'entrer chez mon psy en tapant le code de mon immeuble à moi (Ha! Ha!), je prends le métro à l'envers – je m'en aperçois au terminus – et je fais des retrouvailles inadaptées : l'autre jour dans la rue, prise d'un grand élan de sympathie, j'ai sauté au cou d'un type que je ne connaissais absolument pas. D'habitude, c'est le contraire : j'ai tendance à ne pas reconnaître les gens que je connais.

J'AURAIS PAS DÛ M'ÉNERVER

Chaque jour, je lis mon quotidien (normal) en sirotant mon café au bistrot du coin. Mais voilà-t-il pas que mon abonnement passe sans préavis de 19 à 25 euros. Je demande si c'est une erreur ou une augmentation, on me répond que c'est une augmentation. Je la trouve un peu salée et l'absence de préavis m'énerve. Donc je résilie mon abonnement. Si on me cherche, on me trouve. Résultat, comme j'ai du mal à me passer de mon journal, je le paie dorénavant 1,50 euro chaque matin, ce qui me fait une sorte d'abonnement à 36 euros environ. Pas de doute, c'est tout bénef.

Je rouspète à la caisse du supermarché parce que j'ai besoin d'une seule tablette de chocolat pour faire mon gâteau, et pas d'un paquet de cinq. Non mais sans blague, ça énerve, ce genre de truc. Après tintouin, convocation du gérant et débat à l'issue duquel j'obtiens l'autorisation d'embarquer MA tablette, je quitte les lieux, la tête haute et le sourire vainqueur

– je n'ai pas le triomphe modeste. De retour à la maison, je m'aperçois en relisant la recette qu'en fait, il me fallait deux tablettes. N'ayant pas le courage d'aller me ridiculiser dans le magasin où je viens de faire un scandale de consommateur outragé, je m'en vais acheter un paquet de cinq tablettes dans un arrondissement où personne ne me connaît. Pas de doute, c'est tout bénef.

« LES PRÉVISIONS SONT DIFFICILES, SURTOUT QUAND ELLES CONCERNENT L'AVENIR. » (PIERRE DAC)

Certains auteurs d'horoscope ont le bon goût de ménager un flou artistique dans leurs prévisions : Jupiter et Mars étant actuellement en désaccord, des obstacles se dresseront devant vous mais tout devrait s'arranger – ou le contraire. D'autres, plus audacieux, se lancent dans les détails. Je lis aujourd'hui que la Balance va avoir des frictions avec ses collègues de bureau et une mésentente durable avec son mari, mais que, pour compenser, ses parents et ses enfants lui apporteront joie et consolation. Je suis bien du signe de la Balance mais je ne travaille pas dans un bureau, je n'ai pas de mari ni même de pacsé, mon père est mort, ma mère n'est pas au mieux et je n'ai pas d'enfants. Je ricane.

LA REINE DES ABEILLES

Quand une femme est vraiment très enceinte, qu'elle n'arrive plus à nouer ses lacets par-dessus cette mappemonde qui lui sert de ventre, elle est mignonne et on compatit. Mais tendez-lui une chaise et aidez-la à s'y poser. Une fois le cul bien calé à l'aise, elle arbore un sourire satisfait, confit en béatitude, dont on sent qu'il est directement relié à tout son petit trafic interne : bâillements de l'embryon, flap-flap du liquide amniotique, fantaisies du placenta, acrobaties du cordon. Sans compter que, telle la reine des abeilles, elle œuvre pour la collectivité. Elle repeuple la France, les crèches et les écoles, les lycées, les bureaux et, plus tard, elle engraisse les pompes funèbres. Alors, ce sourire, c'est celui de la victoire et de l'omnipotence. Pour peu qu'en plus, elle se caresse le ventre, on a envie de lui piétiner la gueule.

MON CAVISTE PRÉFÉRÉ ME CONSEILLE

– Bonjour Gégé, je voudrais un petit vin sympa.

– Quelle couleur ?

– Rouge.

– Pour aller avec quoi ?

– Je sais pas, je suis invitée… Des nouilles, je crois. Il a une étiquette rigolote, celui-là. Il est sympa ?

– Trop charnu pour les nouilles.

– Et l'autre, là ?

– Il est gourmand sur le fruit mais il a le nez un peu réduit.

– C'est grave ?

– Le nez réduit, ça sent le cul, faut l'aérer. Celui-ci a l'acidité volatile, et l'autre a plutôt le nez lactique, qu'est-ce que tu préfères ?

– ???

– Sinon, y a celui-là, il est tendu comme un string.

– Heu… Ça m'inspire pas trop…

– Prends l'autre, alors. Tellement c'est minéral, on a l'impression de sucer de la caillasse.

– Et un vin qui sent le vin, tu as ?

– Ah oui, le petit nouveau, là. Ça gazouille et y a de la mâche.

– De la salade ?

– Non, de la structure.

– Et dans le genre léger qui fait pas mal demain ?

– Celui-là ! Il est d'une incroyable buvabilité !

– Bon, ben je vais prendre celui avec l'étiquette rigolote.

P.-S. Hormis les mots de la catégorie *nouilles, sympa, rouge,* etc., tous les termes employés ici sont empruntés au vocabulaire en vigueur dans le métier, sinon c'est pas drôle.

LA CORDE SENSIBLE

Je vomis les gens qui torturent les animaux, je vomis ceux qui achètent un chien le 24 décembre et l'abandonnent le 31 juillet. Il m'arrive donc d'envoyer quelques subsides aux associations (fort utiles et même indispensables) qui combattent ces mauvais traitements. Moyennant quoi je reçois en retour une avalanche de courriers qui me mettent le moral dans les chaussettes. Sur l'enveloppe, il est écrit en rouge : ouvrez cette lettre et découvrez le calvaire du chien Toto torturé par son maître. (Je n'ouvre pas.) Par mail, j'ai droit au cauchemar des dindes de Noël et, toute l'année, aux histoires de vaches transbahutées dans des conditions inadmissibles. Aujourd'hui, c'est ce jeune cheval arrivé à « bon » port si épuisé qu'il ne tient plus sur ses jambes et se couche – il est donc battu violemment par ses « accompagnateurs » désireux de lui montrer qui est le plus fort. (Si j'avais un bazooka, je me ferais une joie de leur dégommer les roubignoles dont ils sont si fiers.) Par ailleurs, il ne se passe pas une semaine sans qu'on me demande de pétitionner pour l'élevage respectueux des cochons ou contre les poules en batterie.

Je suis tout à fait d'accord, *sans aucune ironie*, pour qu'on cesse de battre les chevaux, pour que les cochons soient élevés plus gentiment et qu'on laisse les poules mener une vie de poule avant de se faire plumer. Toutes ces laideurs humaines parlent à ma corde sensible, mais cette corde commence à être vachement tendue. Si bien que j'ai arrêté d'envoyer des subsides. Résultat : je reçois toujours les messages déprimants mais je me sens dans la peau d'une salope chaque fois que je balance à la poubelle le calvaire du chien Toto ou autre Bubus.

RELOOKING EXTRÊME

Pour ceux qui ne connaissent pas cette émission américaine typiquement américaine : lors de la première étape, une équipe télé débarque chez des pauvres gens qui explosent d'une joie hystérique en apprenant que la plus moche de la famille a gagné le droit de se faire relooker *extrêmement*. En effet, il ne s'agit pas d'aider la victime à choisir de nouvelles chaussures, mais de tout reprendre à zéro. Selon les cas, aspiration de douze kilos de gras, installation d'implants dentaires (seize) et mammaires (deux seulement), réfection des naseaux, extraction des poches sous les yeux, rabotage des fesses, élagage des genoux, etc. La deuxième étape nous montre l'heureuse élue émergeant de chaque opération, émue aux larmes et remerciant à n'en plus finir le dieu vivant à qui elle doit ce charcutage et cet immense bonheur. On passe pudiquement sur les semaines de douleurs et d'éventuelles complications, l'heureuse élue nageant, avec quelques bandelettes sur la tronche, dans un ravissement permanent. « Ma vie va changer maintenant », dit une très jolie jeune femme qui avait « les dents du bonheur » et qui ne les a plus, vu qu'on l'a équipée du clavier de piano spécial people, d'un blanc phosphorescent qui fait peur la nuit. « Oh ! Je peux voir mes pieds, maintenant ! » s'exclame une autre jeune femme à qui on a raboté ce maudit ventre qui l'empêchait de voir ses pieds. Et elle ajoute l'inévitable « ma vie va changer maintenant » puisque c'est le leitmotiv du truc et qu'apparemment, les dialogues ne sont pas improvisés. Ensuite vient l'étape relooking « banal » : l'élue s'habillait comme une cochonne, elle se peignait avec un clou et se maquillait à la truelle – les experts remédient à tout ça. Et enfin arrive l'heure de gloire. La famille et les amis, agglutinés au pied d'un escalier de château sans doute loué pour l'occasion, voient descendre une invraisemblable bimbo rayonnante de bonheur (quasi semblable à celle de l'émission précédente) qui n'a évidemment plus rien à voir avec la souillon graisseuse qu'ils fréquentaient depuis toujours. Le mari est tout suffoqué de joie mais on devine déjà, à un léger flou dans le regard, qu'un soupçon d'inquiétude l'assaille – en tout cas, devrait l'assaillir. Vu qu'il avait épousé une femme qui entrait dans sa catégorie esthétique, il n'est plus du tout assorti et il se demande déjà – ou devrait se demander – s'il ne risque pas de voir sa petite femme se tirer avec le premier armateur grec croisé sur sa route. Et puis, quand l'enfant s'écrie « mais c'est pas ma maman », on suppute qu'en effet, « la vie va changer » et on espère qu'un bataillon de psys spécialisés dans les problèmes d'identité assure le service après-vente.

LES VOISINS

Par définition, le voisin habite à côté. C'est ce qui fait son charme. On peut sonner à sa porte quand on est en panne de cornichons. Si on doit faire deux kilomètres pour avoir ses cornichons, ce n'est plus un voisin, c'est un supermarché. En ville, le voisin est nombreux et empilé. À la campagne, il est horizontal et parfois unique. Ce qui n'est pas forcément un avantage, car un seul emmerdeur peut vous pourrir la vie aussi efficacement que les cinq cents habitants d'une tour de trente étages.

Le voisin peut être expansionniste ou séparatiste.

L'expansionniste est partout chez lui, surtout chez vous. À la campagne, il a une tondeuse et un barbecue. Il bouffe des merguez du 1er avril au 14 octobre, vous aussi quand le vent vient de l'ouest. En ville, il met sa lessive en route vers minuit et demi – à l'essorage, la machine traverse la cuisine en faisant « braoum ». Il aime écouter des requiems à 110 décibels et il fornique avec des créatures extraverties à 70 décibels. (Parfois, il superpose les requiems et les créatures, ça fait du 180.) Il bricole le dimanche matin de 7 heures à 8 h 30, après il se recouche. S'il aime le sport, il ouvre sa fenêtre pour regarder le match et, la cour faisant caisse de résonance, tout le monde sait que ce connard de Momo a encore taclé Toto. S'il est marié, il ouvre également sa fenêtre pour s'engueuler avec son épouse et tout le monde sait qu'il n'est pas foutu d'offrir à ladite épouse le standing auquel elle a droit, vu qu'avant de le rencontrer, elle pétait dans la soie.

Le séparatiste rural bâtit des murs et plante des haies de thuyas. Il a des volets, des doubles rideaux, une alarme et un roquet qui aboie en apnée pour dissuader les racailles de lui chourer ses nains de jardin. Le modèle urbain est planqué derrière son œilleton avec un fusil à pompe, il n'ouvre pas à n'importe qui. Il se déplace en chaussons, ce qui lui permet de passer inaperçu quand vous sonnez pour les cornichons. En plein mois d'août, il claque sans prévenir. Comme il est fâché avec la planète entière, y compris son épicier, personne ne s'inquiète de son absence. Il se décompose doucement pendant trois semaines et finit par déborder sur le palier sous forme d'une puanteur atroce. C'est la première fois qu'il se montre expansionniste.

Dans un genre beaucoup plus rare, il y a le voisin « normal » qui se met à flinguer tout le quartier. Les survivants consternés témoignent au journal télévisé : « Il était pourtant bien poli, les bras m'en tombent. » Ou alors : « Il était crasseux et il disait pas bonjour, ça m'étonne pas. » Moins remuant, il y a le voisin fantôme. Il n'est jamais là, il n'embête donc personne mais les rumeurs circulent : il vivrait à Istanbul et ferait dans l'import-export de peaux de chats.

Si vous avez accédé à la propriété, vous avez droit à la réunion de copropriété – une cérémonie tendant à démontrer que le genre humain n'est qu'un ramassis de crétins, d'après une copine propriétaire. Programme des réjouissances : vous vous asseyez sur une chaise à 17 heures – vous en sortirez vers 23 heures mais vous ne le savez pas encore – et vous attaquez l'ordre du jour, sans rien à boire, on n'est pas là pour rigoler. Dans un immeuble dit « bourgeois », vous êtes la dernière recrue, et les anciens, posés sur la même chaise depuis quarante ans, vous soupçonnent de vouloir mettre le souk. Ils vont donc s'opposer farouchement à vos deux propositions :

l'aménagement d'un petit garage à vélos dans la cour et le changement du paillasson de l'entrée, qui est mité. Pour le garage à vélo, c'est niet, ça va faire bidonville. Quant au paillasson neuf, il coûterait 20 centimes par propriétaire mais le problème n'est pas là : « L'ancien est encore bon », déclare madame veuve Plumeau. Les citoyens du quatrième protestent : ils avaient pour l'entrée un projet luxueux incluant ledit paillasson neuf et un ficus en pot. Là-dessus, le ton monte, le quatrième attaque madame veuve Plumeau : « À votre place, je la ramènerais pas. On sait comment vous l'avez eu, votre appartement, pendant la guerre. » Heureusement, une pète-sec qui a l'air d'être avocate – elle aboie sans arrêt « je suis avocate » – s'interpose et exige un peu de dignité. On revient donc à l'ordre du jour. La gardienne demande un coup de peinture dans sa loge, qui n'a pas été refaite depuis 1954. « Qué cé oune porrrcherrrie », a-t-elle dit à l'avocate. Là, tout le monde se réconcilie : pas question de débourser un rond pour la peinture.

Si vous échouez dans un immeuble de ce genre, vous pouvez toujours organiser une fête chez vous, histoire de « créer du lien », comme on dit. Mais je vous le déconseille : la moitié de l'immeuble viendra renverser du vin rouge sur la moquette pendant que l'autre moitié, hostile à toute forme d'événement ludique, appellera les flics. Malgré tout, vous aurez réussi à intéresser un déprimé chronique : il campera sur votre canapé jusqu'à guérison.

Personnellement j'ai toujours eu pour voisins des expansionnistes délicats et fréquentables, parmi lesquels une palanquée de mélomanes : le pianiste débutant, le violoniste débutant, le trompettiste débutant et sa version tronquée de *Oh when the saints* – ça coince toujours sur *go marching in* et on recommence. Et aussi l'étudiant sans frigo qui entreposait son beurre dans le mien, l'été. Il avait ma clé pour pas déranger, il passait sans le beurre, il repassait avec le beurre et il bouffait beaucoup de beurre. Et aussi une Indienne très gentille qui me rapportait toujours de Nagpur un petit cadeau local, genre sari vert pomme avec pantalon bouffant jaune poussin. (Ça m'allait comme un gant, paraît-il.)

Maintenant, j'habite depuis quinze ans un immeuble où copiner avec les voisins est d'une simplicité biblique. D'abord, l'acoustique est épatante. Poup-poum-poum, ma voisine du dessus vient de rentrer. Hurlements variés : elle échange des mots avec son jules. Déluge sur mon balcon : elle arrose ses plantes. Comme c'est ma copine, j'adore ses poum-poum, ses hurlements et ses déluges. (Et je suis toute cafardeuse parce qu'elle va s'en aller en novembre avec son jules, ses poum-poum et ses déluges.) Et puis, les cloisons étant très fluettes, on entend les enfants grandir et leurs goûts musicaux évoluer, c'est émouvant. Le petit morpion d'à côté a d'abord écouté Dorothée en boucle, puis les Spice Girls en boucle. Maintenant, c'est un ado normal avec le fond de pantalon aux genoux, et il écoute du rap en boucle – avec le rap, on repère moins bien la boucle. De plus, en l'absence d'ascenseur, on vit beaucoup dans l'escalier : réunions de parents d'élèves, retrouvailles, rigolades, baby-sitting de chats et de plantes vertes. Tout le monde est au courant de tout. Si je ne réponds pas à un texto dans l'heure, les trois personnes qui ont mes clés viennent voir si je n'ai pas chuté dans ma baignoire. Dans mon immeuble, on ne peut pas mourir seul et se faire bouffer par son berger allemand. Quelquefois ça fatigue un peu mais il y a bien pire : l'anesthésie à l'américaine, ces îlots paradisiaques où tout le monde est formidable. Pas de gosses, pas de fumeurs, pas de chiens, pas de pauvres, pas de merguez. Rien ne dépasse, tout est conforme. Les femmes sont blondes, les hommes sont banquiers, les pétunias sont rangés par paquets de dix, les grilles ferment à 18 heures. Comme ça, on sait où on va.

P.-S. Néanmoins, j'aimerais tenir le cochon qui pollue la poubelle jaune avec sa litière à chat, ses os de poulets et ses mégots tartinés de confiture. Je suppose que, dans les salons, il brasse de grandes idées sur les banquises en péril et la nullité des Verts.

LA FAMILLE, C'EST SACRÉ

Qui aime bien châtie bien. En famille, on s'aime et on se châtie avec entrain. Ça ne date pas d'hier. La série « Contes et légendes bibliques » commence par un fratricide – Caïn tue Abel – et, bien que les choses ne soient pas clairement dites, par un inceste, puisque le verset 4.17 de la Genèse dit : « Caïn connut sa femme », laquelle femme mit au monde un certain Énoch. On ne voit pas bien comment Caïn aurait pu se reproduire sans utiliser Ève, sa môman, ou l'une de ses sœurs, des pauvres nouilles citées sans être nommées. Bref, c'est un détail. Dans la série « Contes et légendes de l'Antiquité », ça monte d'un cran. Parricide, infanticide, cannibalisme – tout y passe. Œdipe tue son père et épouse sa mère, Atrée zigouille les enfants de son frère et les lui fait bouffer en ragoût. Médée, agacée de voir Jason loucher sur une pétasse, égorge ses propres rejetons. Heureusement, depuis l'invention du tabou et des gendarmes, ça s'est un peu calmé et seuls quelques héros de faits divers perpétuent le genre avec panache. Si l'on continue de se trucider menu dans les repas de famille, c'est dans un registre plus abstrait. Néanmoins, il existe des modèles familiaux plus pénibles que d'autres.

La famille heureuse de gré ou de force

Ce modèle fonctionne grâce à l'admirable obstination d'une mère qui, la tête farcie de guimauve et de petites fleurs, s'acharne à maintenir une cohésion invivable. Les retrouvailles, nombreuses et obligatoires, ne sont que liesse et félicité. (Toute attitude déviante est considérée comme du sabotage.) Il faut juste éviter les sujets qui fâchent – politique, choix sexuels, religion, élevage des enfants, argent, psychanalyse, immigrés, nucléaire, etc. Ce qui limite la conversation aux trois anecdotes inlassablement ressassées, à grand renfort de rires émus : la fois où l'aîné avait mordu le facteur, la fois où le cadet avait failli se noyer en voulant apprendre à nager au hamster, la fois où la petite s'était tranché le pouce en voulant opérer le hamster rescapé du naufrage – ça avait retardé le départ en vacances. Évocation immanquablement suivie d'une réflexion de l'aîné insinuant qu'après quinze ans d'analyse, sa sœur continue d'emmerder le monde. « Vous n'allez pas recommencer, vous deux ! On est bien ! » s'exclame la maman. Donc, on est bien. Mamie en profite pour demander au cadet s'il va bientôt se marier, ce qui ouvre une brèche pour la maman : « C'est vrai, ça. Et cette Lucienne avec qui tu es parti en Grèce l'été dernier, quand est-ce que tu nous la présentes ? » Là, mauvais poil ou distraction, l'aîné lâche le morceau : il est homo et il ne connaît pas de Lucienne. « Meuh non, il dit ça pour rire », glisse la maman à mamie qui flotte au-dessus du débat, vu qu'elle a laissé son sonotone dans son verre à dents. Là-dessus, on prend le café en évoquant la fois où on avait oublié le cadet au supermarché – tout le monde se fend la gueule de bon cœur, sauf le cadet qui n'a toujours pas digéré la chose. On s'achève avec un pousse-café et chacun embrasse chacune en se donnant rendez-vous pour Pâques – sauf grand-père qui a entamé son alzheimer et se demande ce que font ces cinglés dans son jardin. Après quinze ans de retrouvailles de ce genre, où en sommes-nous ? L'aîné fait junkie à Réaumur-Sébastopol et les deux autres sont éparpillés à trois mille bornes du point stratégique : la maison de famille où la mère (sous lithium) demande au père (sous boules

Quies) ce qu'elle a fait pour mériter des enfants aussi ingrats.

La famille psy

Tout petit déjà, braillant parce que « ça » a faim quelque part, le bébé psy remue du signifiant. Dès qu'il se met à bafouiller, chaque caca-boudin fait sens. Quand il annonce virilement son intention de tuer papa pour épouser maman, on lui explique sans ménagements que c'est hyper banal. Vexé, il essaie autre chose : un tournevis dans l'œil de sa sœur. Là, on le prie de verbaliser son affect. Il verbalise : « J'peux pas saquer cette mocheté. » Aux heures ouvrables, la moitié de l'appartement étant squattée par des pleurnichards sur des divans, il est prié d'aller jouer ailleurs. Il en profite pour tester sa perversion polymorphe sur la baby-sitter, qui lui met une baffe. (Elle est la seule. En général, quand il fait une connerie, on préfère établir un vrai dialogue.) Et si jamais il tombe sur un patient en réaction thérapeutique spécialement négative (dépoitraillé, hurlant des grossièretés), il doit garder sa neutralité bienveillante et éviter de dire : « Moi, quand je fais ça, je suis privé de télé. » (Ça nuit à la réparation du client.) Dieu merci, plus tard, quand il parle d'épouser sa sœur parce que, maintenant, il la trouve moins moche, on l'interne d'office comme dans n'importe quelle famille ordinaire. Ça lui fait des vacances.

La famille qui pense que la famille c'est sacré

Le mafioso organise une fête luxuriante, incluant un jardin de deux hectares et trois cents convives, pour le centenaire de la nonna. Tout le monde est là : les cousins, les oncles, les bambini et les mamma (la nonna, les bambini et les mamma, c'est sacré). Il s'absente juste une heure ou deux avec quelques amis triés sur le volet, le temps d'aller dégommer l'autre branche de la famille qui avait pour projet de lui piquer le monopole des valises à roulettes dans le quartier kurde. Ensuite, il revient et embrasse la nonna, les bambini et sa merveilleuse épouse qui, depuis toujours, a le bon goût de fermer sa gueule. (Cette famille-là, je l'ai vue souvent au cinéma, mais jamais dans la vraie vie.)

La famille « on reste pour les enfants »

Le gamin (12 ans) refuse de bouffer son tripoux. « Chuis libre de pas aimer le tripoux, quand même ! » Maman l'engueule, papa soutient son fils : « Parfaitement, tu es libre de détester le tripoux ! »

Maman grince : « Et ta secrétaire, elle aime le tripoux ? » Le lien entre la secrétaire et le tripoux semble fumeux, mais papa imprime très bien. Il soupire en levant les yeux au ciel et maman enchaîne, sur un scénario longuement rodé : « Je te jure que, sans les enfants, je serais partie depuis un bail. » Papa aussi. Tout le monde serait parti. Les enfants se mettent à pleurer. Maman demande au petit (8 ans) s'il préfère papa ou maman, l'aîné répond qu'il aimerait mieux être orphelin, papa lui met une tarte, maman menace de se pendre, papa lui tend une ficelle. Trente ans plus tard, les enfants apprennent avec satisfaction de la bouche de leur mère (remariée et épanouie) qu'elle garde un excellent souvenir de cette période : s'engueuler stimule la libido.

N'importe quelle famille à la lecture du testament

On se mouche beaucoup en évoquant la mémoire du cher disparu qui s'appelle Gaston, jusqu'au moment où le notaire annonce que Gaston a tout légué à sa nièce, une fouteuse de merde jamais revue depuis le mariage du cousin, où elle était vêtue d'un bout de chiffon faisant office de jupe et de soutien-gorge. Là, si l'héritage se compose d'une cinquantaine de bols bretons avec différents prénoms écrits dessus, ça râle un peu mais tout le monde – sauf ses enfants, qui se sentent blessés dans leur fibre enfantine bien qu'ils aient cinquante ans chacun – arrive à s'entendre : Gaston était un délicieux excentrique. S'il s'agit d'un patrimoine foncier agréablement réparti entre Deauville, Courchevel et quelques centaines d'hectares de vignoble en Bourgogne, ça coince davantage. La famille n'est plus que rancœur, et le cher disparu un faux cul de première. De plus, la pétasse a tous les culots : elle ne s'est même pas déplacée, un peu comme l'acteur qui récupère le César de loin, vautré sur une plage exotique, pendant que ses camarades malchanceux se tapent la soirée entière à continuer de sourire. Néanmoins, ce cas de figure a un avantage : dressée contre l'usurpatrice, la famille se ressoude. Dorénavant, on s'adore, on se téléphone, on se fait une bouffe, on ne se lâche plus – la famille, c'est sacré. (Ou alors, selon l'humeur, tout le monde décide de se faire la gueule jusqu'à extinction de la lignée.)

Malgré tout, la famille…

Regardez bien cette photo ancienne prise dans le jardin de grand-mère. (Dans toutes les familles équipées d'une grand-mère avec jardin, cette modeste parcelle de verdure fait figure de paradis perdu. C'est là que les enfants ont ancré leurs rêves, c'est là qu'ils ont appris à reconnaître un platane d'une brouette – et une fille d'un garçon, en jouant au docteur dans la brouette.) Sur la photo, papa danse avec maman (très jolie dans sa robe à pois) sur une musique qu'on n'entend pas mais c'est sûrement une valse. La petite fille (hilare) applaudit le grand frère qui fait le cochon pendu à la branche du cerisier en fleurs. Grand-mère (ridée comme une pomme, pas du tout liftée) gratte la tête du brave gros toutou, tandis que grand-père joue avec le chaton tigré, rescapé de la dix-huitième portée de Miquette. Personne ne s'engueule, on ne voit pas l'ombre d'un mafioso ni d'un complexe de castration. C'est une famille banale – la vôtre, dans une belle lumière de printemps. Cette photo, encadrez-la. Elle est la preuve touchante qu'au fond de chaque famille, même complètement cinglée, même complètement naufragée, sommeille le souvenir d'un jour heureux.

(C'était une note de tendresse dans un livre de brute.)

LE MALCHANCEUX CHRONIQUE

« Ça n'arrive qu'à moi », dit-il, car il a une fâcheuse tendance à ne voir que lui dans le paysage. Un avion a chuté en plein Pacifique avec 256 passagers, mais lui, il a marché trois fois dans la merde depuis lundi et il y voit une malédiction divine (ou laïque). C'est se donner beaucoup d'importance.

« *Aux caisses des supermarchés, je suis toujours dans la mauvaise file, celle où la dame a oublié de peser son citron.* » En réalité, on fait tous la queue dans la mauvaise file et je n'ai jamais entendu personne dire : « Ma file était parfaite, la caissière était compétente et tout le monde avait pesé son citron. » Néanmoins, si une file vous attire irrésistiblement, choisissez celle d'à côté. Même chose si vous apercevez une dame avec un citron.

« *Chaque fois que je rencontre un homme qui me plaît vraiment, à tous les coups il est marié ou homo, ça n'arrive qu'à moi.* » Pas du tout, ça arrive à des tas de filles qui devraient changer de lunettes, avoir une discussion franche et virile avec leur papa et prévoir une petite analyse d'une vingtaine d'années.

« J'ai toujours eu la poisse. Si une chaise s'écroule autour d'une table de vingt convives, c'est forcément la mienne. » En effet, c'est pas de bol, mais estimez-vous heureux, vous faites marrer dix-neuf personnes d'un coup. C'est très rare.

« Chaque fois que je vais chez le coiffeur, il pleut quand je ressors. » Procurez-vous un objet à manche qui s'ouvre en faisant « clic ». C'est commode, ça protège de tout ce qui tombe d'en haut, y compris la pluie.

« J'ai sorti mon premier livre deux jours avant la guerre du Golfe. Toutes les radios, télés et autres feuilles de chou étaient occupées dans le désert et personne n'a parlé de mon bouquin. Je mets un an à m'en remettre et je sors mon second livre le 10 septembre 2001. Ça n'arrive qu'à moi. » Heureusement. Et pour parler franc, si on déclenche une guerre chaque fois qu'on pond un livre, il semble raisonnable et altruiste de se recycler dans quelque chose de plus calme.

Pourtant, il existe des gens qui attirent vraiment la poisse. Comme cette hirondelle qui, traversant un court de tennis (demi-finale double messieurs, Open d'Australie 2002), s'est pris dans la tronche une balle tirée à 120 km/h par Michael Llodra. Si elle avait survécu au choc, cette hirondelle aurait été en droit de se plaindre. Ou comme cette femme qui écrit au courrier des lectrices d'un journal féminin réputé pour son ambiance désastreuse (le courrier, pas le journal). Ménopausée à 32 ans, elle a pris dans la foulée vingt-huit kilos indélogeables, son mari a demandé le divorce pour tromperie sur la marchandise, et elle a si mauvaise haleine que tous ses amis la laissent tomber – ce dernier désagrément n'a rien à voir avec les deux autres, c'est juste un bonus. De plus, à l'heure où elle écrit, elle vient de glisser sur un rôti de porc et elle a la hanche plâtrée du genou à l'épaule. Certes, cette femme est malchanceuse, mais une question se pose : que faisait ce rôti de porc par terre ? Il y a erreur humaine, sans aucun doute.

BONHEUR, INDIGNATION ET SÉRÉNITÉ

Avant, on nous vendait le bonheur à toutes les sauces, il était même obligatoire. M'étant endormie sur une émission de télé baptisée *120 minutes de bonheur* – c'était 117 minutes de trop –, j'étais réveillée en fanfare par une pub de déodorant qui me garantissait un bonheur sans nuage. Le même bonheur se trouvait chez Castorama, à tous les étages du BHV et sur les plages du Club Med. Il était dans la nouvelle gratounette qui gratounait mieux que la précédente, et même, il se tartinait : margarine, Nutella et autres substances graisseuses car le bonheur est moelleux. Quant aux livres consacrés au bonheur, il en fleurissait deux par semaine et, dans l'ensemble, il nous était conseillé de positiver, de retrouver l'estime de soi et de copiner avec le Dalaï-Lama. Après avoir un peu essoré le sujet, on nous a fourgué l'indignation – un vieil homme intelligent et généreux ayant vendu un opuscule (que je n'ai pas lu parce que j'ai horreur qu'on me donne des ordres) à trois millions d'exemplaires en Europe, grâce au fameux buzz qui commence à bien nous pourrir la vie. (Quant aux vrais Indignés qui protestent partout dans le monde, je leur souhaite bonne chance.)

À l'heure où j'écris ces lignes, il convient d'être « serein ». Ceux qui viennent de prendre une gamelle aux élections se déclarent sereins, bien que visiblement fous furieux. Ceux qui les ont gagnées se montrent tout aussi sereins, bien que conscients de s'être fourrés dans un pétrin indescriptible. La présentatrice du 20 heures de TF1, quittant son poste après en avoir beaucoup bavé (elle a toute ma sympathie), s'en va tout à fait sereine, et, trois jours avant de se faire humilier comme des poux, les Bleus affrontaient l'Eurofoot dans un esprit parfaitement serein. Y a plus que moi pour m'agacer, m'énerver et m'angoisser.

L'INVENTEUR DE LA ROUE

Vers 3 500 avant Jean-Claude, un Sumérien a inventé la roue. Ça nous a donné la brouette, la charrette à foin, la calèche, la diligence, le vélo, l'avion (un avion doit absolument rouler avant de voler) et des milliards de bagnoles.

Près de chez moi, il y a une grande place faite d'entrelacs de rues, de contre-rues et de croisements – le tout farci de bagnoles surexcitées. Or, un bébé corbeau, l'air ingénu et le plumage ébouriffé, vient de chuter d'un arbre en essayant de voler – ça paraît facile, mais apparemment, ça n'est pas. Du trottoir, il se dirige à petits pas vers la rue. J'essaie de l'attirer vers un endroit plus calme, mais je lui fiche la trouille. Le voilà donc maintenant en plein milieu de la rue, avec les parents qui tournent en rond au-dessus de nos têtes en hurlant. Une voiture le frôle et, coup de bol, il survit au passage des quinze suivantes. Les parents continuent de gueuler et j'essaie à nouveau de lui expliquer la situation mais il ne m'écoute pas et je vois arriver une nouvelle rafale de voitures. La dernière image que j'ai de lui, c'est cette petite chose ahurie et mal peignée, plantée au milieu du passage pour piétons, sous le nez d'une trentaine de bagnoles arrêtées au feu rouge, prêtes à démarrer au quart de seconde quand le feu aura verdi. (La version piaf de l'homme de Tiananmen qui, le 5 juin 1989, s'était planté devant une colonne de tanks de l'armée chinoise.) Je m'en vais, je ne veux pas voir ça. Un jour, un Sumérien a inventé la roue et voilà : des milliards de bagnoles contre un bébé corbeau. Je déteste ce mec.

Happy end : le lendemain, je trouve le courage de me risquer dans le coin, les yeux fermés pour ne pas voir. Je les ouvre et : rien. Pas de petit corbeau aplati, pas de plumes isolées, ni là ni alentour. Et je me dis que, voyant la meute lui foncer dessus, il a dû trouver le truc qui fait décoller les oiseaux.

EN ATTENDANT L'ANTICYCLONE

Le printemps commence à nous tarabuster, sous forme de fantasme, aux alentours du 11 novembre. C'est beaucoup trop tôt, il faut encore passer le foie gras, les sapins, janvier et février – là, on en a vraiment marre et on attend, en apnée, les premiers signes annonciateurs du retour des hirondelles – qui ne font pas le printemps. Début mars, pour peu que le ciel nous distribue trois heures de ciel bleu, on croit que c'est le printemps. Ce n'est pas. Le lendemain, c'est giboulées et compagnie. Les plus déprimés se suicident, les autres achètent des primevères. Le 21 mars, le printemps arrive officiellement. Les ours se frottent les yeux et entreprennent d'ébranler leurs six cents kilos pour préparer le café. Les petites feuilles commencent à se déplier, la sève gargouille, les piafs pioupioutent, les terrasses de bistrots s'étirent en bâillant, les filles échangent leurs tenues d'égoutiers contre des jupes roses très décolletées. Début mai, on se tape les saints de glace, ça refroidit l'ambiance et les filles en jupes roses attrapent des bronchites. Et puis, enfin, une certaine douceur s'installe. Tout roucoule, fleurit et verdoie. Gagnée par la liesse bucolique, je sens pointer une furieuse envie de rénovation et j'attaque le rituel adapté : abonnement à la piscine (non suivi d'effet), achat d'une petite robe verte pas mettable, tartinage d'autobronzant enrichi à la graisse de putois et, dans mon *home sweet home*, génocide impitoyable des machins inutiles : lettres d'amour périmées, journaux conservés « au cas où », chaussettes unijambistes, photos floues de gens moches, petite robe verte de l'année dernière. Mais ça ne suffit pas. J'ai également envie de rencontrer un monsieur amusant avec lequel je pourrais descendre le Nil sur une felouque. Faute de quoi, le ciel affichant un soleil superbe, je fonce au jardin du Luxembourg – un dimanche. Excellente idée, on est six cent mille à l'avoir eue. Je n'arrive même pas à m'asseoir quelque part, mais j'entrevois un brin d'herbe entre les fesses des pique-niqueurs empilés sur les pelouses et ça me file une envie de pique-nique. J'appelle les copains, ils ont la même envie de pique-nique, on s'en programme un pour dimanche prochain. (Il sera annulé pour cause de grêle.) Après tout ce tintouin et un bref retour de l'anticyclone (de mardi à jeudi), le printemps se tire, faisant place à la fameuse « impression de beau temps », comme dit la dame de la météo d'un air gêné – on suppute qu'elle reçoit quotidiennement un abondant courrier d'engueulades. En clair, il s'agit de rafales de vent d'est entrecoupées de pluies éparses – le genre de climat qui vous oblige à trimballer partout des lunettes de soleil et un parapluie, sans oublier l'écharpe si vous passez par le rayon frais des supermarchés. Si je résume, le printemps c'est fumisterie et compagnie.

CUISINEZ SANS SOUCI, QU'ILS DISENT

Quand j'étais petite, j'invitais fréquemment mon papa (toutes les dix minutes) à goûter mon célèbre gâteau concocté suivant ma recette secrète : trois feuilles de marronnier pilées, un asticot découpé en rondelles, une demi-tasse de terre et une cuiller d'eau. Pas de cuisson. Mon papa mâchouillait la chose – à la réflexion, je me demande s'il ne faisait pas semblant – et me félicitait : « Hmmm… il est bon ton baba au rhum ! » Ce qui me contrariait car, dans mon idée, c'était une tarte au chocolat.

J'en suis toujours là. Si je cuisine un veau à la Mérovingienne, on me congratule pour l'originalité de mon lapin à la Fernande. C'est une image : en fait, je n'ai jamais fait de veau à la Mérovingienne. J'ai seulement lu la recette dans *Cuisinez sans souci* et j'ai calé dès la liste des ingrédients : il fallait une truffe. Je ne sais pas si les truffes s'achètent chez le charcutier ou chez le fleuriste. Et il faut sûrement les dénoyauter, c'est la barbe. Parfois, je m'y colle vraiment et je cale plus tard, les auteurs ayant oublié un ingrédient sur la liste. Pile poil au moment où j'ai trois mains occupées à battre « intimement » un beurre blanc, ils me balancent sans ménagement : « Ajoutez l'oignon que vous aurez préalablement épluché. » Quel oignon ? Moi je n'ai pas d'oignon si personne ne m'a prévenue.

Alors j'ai essayé *La Cuisine pour les nuls.* Normalement ça devait coller : les nuls c'est moi. Mais la sauteuse évasée m'a déprimée dès la page 22. « La sauteuse évasée est l'ustensile le plus sollicité dans la cuisine française. » Je n'ai pas de sauteuse évasée, j'ai une casserole. Je suis donc passée directement au chapitre « sauces » que j'ai zappé vite fait parce qu'il commence mal : « Les sauciers sont des magiciens. » Faut pas rêver. J'ai zappé aussi l'opération « braisage » : trois heures de cuisson avec mouillement à mi-hauteur de l'aliment, c'est long – je mets seulement vingt secondes à cramer un steak. En revanche, le mijotage me semblait moins risqué, vu que les aliments baignent généreusement dans le mouillement. J'ai donc mijoté, avec un résultat désagréable : les aliments nageaient à la surface du mouillement comme des noyés dans le sas d'une écluse ambiance Maigret.

Dégoûtée des livres, j'ai essayé la tradition orale, qui consiste à demander à une copine comment elle fabrique ce truc délicieux qu'elle vient de nous servir. Ma copine tient la recette de sa grand-mère qui la tenait d'une grand-tante. Ces femmes-là devaient communiquer par télépathie. Avec des mots, c'est plus compliqué. À toutes mes questions concernant les quantités et manipulations, ma copine répond des : « Chais pas, tu sens à peu près » ou des « ça dépend, tu vois ». J'insiste : le four, on le met à combien ? À thermostat 7. De retour chez moi, je constate que, sur mon four, ça va de 150 à 220. Il n'y a aucun 7.

Découragée par la tradition orale, j'ai trouvé sur Internet une petite recette américaine qui avait l'air sympa : les *Jo Jo Potatoes.* Une recette américaine dont l'introduction, une fois traduite, donnait ceci : *« Jo Jo comme les pommes de terre pour avoir une sorte de secret, à la sauce de leur immersion dans les orteils, comme celle de l'égalité des parties de ketchup, la moutarde et la mayonnaise. Ils peuvent être servi comme apéritif, quand le visionnement d'un matche de rugby que votre pays est en train de gagner contre toute attente, ou en tant que partie à un hamburger ou un bon vieux poulet rôti. »* Ça n'allait pas du tout, je ne pouvais pas servir à mes amis des patates immergées dans les orteils avec visionnement de rugby.

Et puis, enfin, j'ai dégoté quelque chose de vraiment simple dans *Toto fait des gâteaux* – « à partir de 4 ans », est-il écrit sur la quatrième de couverture.

Ingrédients :

Une boîte de thon

Un pot de Nutella

Action :

Tu tires la languette de la boîte de thon. Maintenant elle est ouverte.

Tu demandes à ta maman d'ouvrir le pot de Nutella parce que tu n'es pas assez fort pour faire ça tout seul.

Tu poses le thon sur une assiette, tu recouvres de Nutella avec une cuiller. Et voilà : tes copains seront éblouis.

(C'est un gâteau, ça ?)

JE ME TÂTE

Je suis du signe de la Balance. Un signe d'équilibre et d'harmonie, avec une tendance exaspérante à peser le pour et le contre jusqu'à la Saint-Glinglin. Choisir entre la peste et le choléra, par exemple, me pose un problème. Entre un pull rouge et un pull bleu aussi. J'essaie le rouge, j'essaie le bleu, je vais voir à la lumière du jour parce que le néon ça trompe, la vendeuse me suit partout, ça me déconcentre. Histoire de m'aider, elle m'explique que l'un des pulls est rouge et l'autre bleu – ce n'est pas la même chose. C'est bien ça le problème. Choisir entre deux pulls identiques serait sans doute plus simple. À peine sortie du magasin avec le pull rouge, j'ai une illumination : le bleu était plus beau – moins rouge, en tout cas.

Le restaurant chinois me propose soixante-quinze plats. Dois-je innover ou rester dans le canard laqué ? Innover serait intéressant mais j'adore le canard laqué. Poulet cacahuètes, chao mian (c'est des nouilles), chao fan (c'est du riz), joues de grenouilles à l'ail ? Ça a l'air sympa mais je me demande si c'est assez copieux, avec deux joues seulement par grenouille. Ou alors ils ont fait une hécatombe de grenouilles et je réprouve. Si on allait plutôt chez l'italien ? (Le copain qui est censé dîner avec moi commence à trouver qu'un vulgaire jambon-beurre serait le bienvenu.)

Pour l'anniversaire de la copine, je m'habille sport ou festival de Cannes ? Robe ou pantalon ? Baskets ou jupe ? (C'est idiot, comme question.) Pull rouge tout neuf ou chemisier noir ? Le pull paraît raisonnable vu qu'il fait moins quinze, mais le rouge ne va pas avec mon écharpe (je le savais, le bleu allait mieux).

Où vais-je passer mes vacances ? À la mer ou à la campagne ? J'adore la mer mais c'est très peuplé. Sauf si je choisis une mer avec des glaçons dedans. La campagne c'est vert et il n'y a personne, en dehors des mouches. Qu'est-ce qui est mieux ? Une mer chaude avec trop de monde ou un champ de betteraves avec des mouches ? Sinon, il y a l'Annapurna, le Paraguay, Rostov-sur-le-Don ou la lune. Au bout d'un moment, j'ai une idée : Paris au mois d'août, c'est merveilleux, paraît-il. Bien qu'un peu vide.

Si deux bons films passent le même soir à la télé, ça me perturbe. D'un côté, un chef-d'œuvre japonais qu'il faut absolument avoir vu, de l'autre une comédie américaine moins exigeante mais forcément plus rigolote. Courageusement, j'attaque le chef-d'œuvre. Comme le premier quart d'heure est un peu ingrat, mon esprit s'évade vers le film marrant. Si je jetais un œil ? Je zappe, je rigole bien, mais ma bonne conscience (une cousine de Jiminy Cricket perchée sur mon épaule) m'engueule : tu te laisses aller. Je retourne au chef-d'œuvre. L'ennui, c'est que j'ai dû louper un passage crucial. J'avais laissé l'action au degré zéro du calme plat (un paysage de plaine avec une dame qui trottinait gentiment vers un lac) et voilà que je tombe en pleine pagaille : deux samouraïs très méchants sont en train de s'entretuer et je ne saurai jamais pourquoi. C'est agaçant.

Dans un registre plus « lourd », quand on a du mal à choisir entre une fraise et un sandwich au pâté, il est évident que l'idée du mariage colle le vertige. J'ai donc décidé de ne pas me marier – bien que le terme « décidé » soit abusif puisque personne ne m'a jamais suppliée de l'épouser. Un mari, ce n'est pas un pull-over, et il faut être capable de répondre « oui » assez rapidement (ou « non » mais ça ternit l'ambiance) au monsieur qui demande si on veut s'agglutiner pour le meilleur et pour le pire. Une fois qu'on a convoqué deux familles endimanchées et quelques dizaines de copains venus se biturer, on ne peut pas répondre à monsieur le maire : « Écoutez, je ne sais pas trop, je me tâte… l'autre me plaisait bien aussi, le grand blond marrant… Évidemment, celui-ci a l'air plus responsable mais j'aimerais bien le revoir à la lumière du jour parce que le néon ça trompe. » On ne peut pas faire ça.

LE TOUBIB QUI N'AIME PAS INTERNET

Mon médecin référent étant en vacances, je consulte un autre médecin chaudement recommandé par une voisine (les toubibs des autres sont toujours formidables) pour une allergie étrange au vin et au chocolat – quelle misère. J'ai le mollet gauche doublé de volume, c'est dur comme du bois et ça fait mal. Les yeux du toubib formidable pétillent. « Ah ! oui, petites boules rouges partout, érythème noueux ! » dit-il. Je rectifie : « Pas petites boules rouges partout, une seule énorme boule incolore, genre tronc d'arbre. » Ça ne fait rien, il veut absolument caser son érythème noueux et m'envoie faire une radio des poumons – sans regarder mon mollet, il a pas le temps. Comme il ne m'a pas expliqué le rapport entre mon mollet et mes poumons, je flippe et je fonce sur Internet. Je découvre que l'érythème noueux c'est pas sympa et que la radio des poumons, c'est pour une suspicion de tuberculose. Je flippe trois fois plus, je fais la radio, je retourne le voir et lui raconte, très inquiète, ce que j'ai vu sur Internet. Ça l'énerve. Il en a marre des patients qui vont voir sur Internet. À quoi ça sert d'avoir fait sept ans d'études si les malades vont voir sur Internet ?

Résultat : c'était pas un érythème noueux.

Un bon point pour lui, malgré tout : il ne m'a pas demandé si je fumais. Parce que, souvent, c'est la première question qui vient.

– Docteur, j'ai un furoncle à la fesse gauche.

– Vous fumez ?

LA VALISE À ROULETTES

La valise à roulettes est un animal stupide et bruyant.

Nonchalamment traînée par une personne qui pense visiblement à sa note de gaz, elle a pour habitude de se fourrer dans vos pattes au moment où vous voulez la doubler. Donc, vous vous cassez la gueule.

De plus, si le voyageur part à 6 heures du matin du numéro 1 de l'avenue Maurice Thorez qui comporte 122 numéros, il réveille sur son passage les habitants de 244 immeubles environ, en toute innocence. Les propriétaires de valises à roulettes n'ont pas l'air de se rendre compte du barouf occasionné par leur véhicule. Ou plutôt, ne pouvant rien faire pour remédier à la chose, ils prennent cet air détaché, pas du tout au courant, qui fait leur charme. (Après tout, ils ne peuvent pas s'excuser tous les dix mètres.) Quant aux fabricants, alors qu'on envisage de coloniser la planète Mars dans un futur proche, ils ne pourraient pas plancher cinq minutes sur le concept « valise à roulettes silencieuse » ?

LE CLOWN QUI M'A FAIT BRAIRE TOUTE MON ENFANCE

Le clown de mon enfance était consternant. Il naissait dans la sciure de père en fils, à 4 ans il chaussait déjà du 52, et sa petite sœur s'entraînait à faire les pieds au mur sur un cheval emballé pour devenir écuyère de mère en fille dans la sciure. Plus tard, il tombait amoureux de la trapéziste. Hélas, le seul moment où leurs destins se croisaient, c'était le jour où il était chargé de faire rigoler les piti zenfants pendant qu'on déblayait les morceaux de la trapéziste qui avait loupé le trapèze.

La nuit, il rêvait sans doute de diriger le Grand Orchestre de Philadelphie – les dames s'en allaient en chuchotant « quel artiste » – mais dans la vraie vie, il cavalait avec un jet d'eau sur la tête, se ramassait la gueule dans le tapis, se faisait remonter les bretelles par l'autre clown (la sale race, le clown blanc) et finissait par emboucher une vieille trompette cabossée à l'aide de laquelle il nous jouait un machin lamentable qui évoquait la solitude inconsolable de l'humain et la fin d'à peu près tous les films de Fellini. Ce passage-là de la prestation clownesque était censé nous rappeler, au cas où ça nous serait sorti de l'esprit, que la véritable nature du clown est la tristesse – douleur muette, désolation poignante, mélancolie piteuse.

Cette fameuse tristesse du clown, tant bien exprimée sur une épouvantable toile de Bernard Buffet, débordait sur son cousin le plus proche, le Pierrot lunaire (avec larme pétrifiée sur la joue) qui faisait l'objet d'un merchandising florissant : on en trouvait partout, sur les coussins, le papier à lettres, les théières, les pianos miniatures, les encriers, les cuvettes – le plus joli étant le moutardier : la collerette, la tête et la larme formant couvercle, le reste contenant la moutarde.

Bref, le clown de mon enfance ne m'a jamais fait marrer. Chaque fois qu'on m'emmenait au cirque, ce pauvre mec à nez rouge me collait une telle trouille – contrairement aux tigres – que je passais mon temps la tête en bas, à essayer d'entrevoir ce qui se traficotait sous les gradins. Il ne se traficotait rien.

P.-S. Aujourd'hui, les clowns sont marrants.

LE PASSIONNÉ DU BIT

Les gens qui se passionnent pour quelque chose ont la faiblesse de croire que c'est contagieux ou, du moins, légèrement transmissible. Le fou d'informatique, pour prendre un exemple au pif. Personnellement, mon ordinateur me sert à taper des phrases. S'il se met à faire des bombes et autres petits dessins désagréables, je lui file un coup de latte et il repart – s'il refuse, ça me coûte 260 euros. Nos rapports en sont là. Mais le fou d'informatique croit que ça va vous fasciner d'en savoir plus long sur les bidules planqués là-dedans. (Je soupçonne un peu, j'ai disséqué un Mac, une fois : j'y ai trouvé des rectangles en métal organisés comme des carrés de choux dans un jardin potager. Pas de quoi pavoiser.) Alors, si vous côtoyez un fou d'informatique dans un dîner, évitez de dire que vous êtes contente comme tout de votre nouveau portable tout rose, tout mignon – on dirait un bonbon. Parce que ce sale type va se faire une joie de vous gâcher le plaisir. D'abord, il espère que vous avez au moins 8 Go de RAM, sinon, c'est la louse. Ce à quoi vous répondez un peu sèchement : « Mais qui êtes-vous pour me parler sur ce ton ? » Ce qui ne l'empêche pas d'embrayer. À moins de 8 Go de RAM, le truc rose est quasiment bon à rien, mais si vous êtes sage, il vous rendra le service d'encapsuler l'ancien système d'un de ses machins à lui, avec tous les bits et les QuicKeys – ce qui vous fera gagner un temps fou. Là, si vous n'arrivez pas à lui faire entendre assez fermement que vous vous foutez de ses QuicKeys et de ses bits aussi, vous en prenez pour la soirée entière.

L'autre version du même modèle est autiste. Il est capable de rester trois plombes à bidouiller votre ordinateur sans lâcher un mot. Sauf, peut-être, si vous lui demandez pourquoi il a cliqué sur le bitoniau en bas à gauche. Là, il vous répondra : « Je t'ai défragmenté la RAM, tu peux pas comprendre. »

LEUR NOMBRIL EST PLUS CHOUETTE QUE LE MIEN

J'adore parler de moi, de ma vie, de mon hortensia qui me pond sept fleurs par an, du rêve que j'ai fait la nuit dernière (à base de sauterelles parlantes venues du Nebraska), de mon chien, des films que je n'ai pas vus, tout ça. Eh bien, eux aussi, ils adorent – parler d'eux, pas de moi. Et ils font tout mieux que moi. Ils ont des hortensias à douze fleurs, ils ont vu les films, leur chien est plus futé que le mien, et si je me pète une cheville, ils se sont pété les deux l'année dernière. Bref, il faut qu'ils ramènent leur fraise, ce qui nous donne des conversations bouleversantes d'intérêt, généralement bâties sur ce modèle :

– Il fait beau aujourd'hui.

– Moi aussi.

Mais certains la ramènent plus que d'autres.

Les spécialistes du truc héroïque, entre autres. Il (ou elle) a fait ce qu'aucune personne sensée ne ferait pour rien au monde, ou alors involontairement. Par exemple, la face nord du Namjagbarwa, ou douze enfants. Invité à un dîner d'anniversaire, le héros de la face nord aime vous raconter le moment où il se déboîte lui-même le cubitus pour pouvoir se couper le bras au ras du coude afin de s'extraire d'un trou de rocher où il est coincé. (C'est l'occasion ou jamais de glisser votre histoire de panaris mal soigné, ça soulagera tout le monde.) Quant à l'héroïne qui a accouché douze fois (méthode Lamaze, méthode Leboyer, dans l'eau, à la maison avec vétérinaire pour cause de sage-femme bloquée par les neiges, et ainsi de suite), on ne peut pas faire le moindre gouzi-gouzi à son dernier opus sans récolter le récit d'au moins trois accouchements – les plus sportifs, incluant l'épisiotomie foirée, la naissance par le siège ou la crevaison du placenta (rouge et ovale d'après son époux, marron et carré d'après elle), sans parler des différentes coutumes concernant ledit placenta : en Nouvelle-Guinée on l'enterre sous un cocotier, à Tahiti dans le jardin, les femelles marsupiaux le bouffent, et chez nous on le fout à la poubelle. Ces femmes-là m'adorent car je suis nullipare – quel joli mot. Je suis donc le public idéal. Je ne peux pas la ramener avec mon accouchement à moi, qui aurait éventuellement duré trente-deux heures. Je peux juste la fermer, en essayant de ne pas vomir et en évitant d'applaudir, car la femme qui a eu douze enfants n'aime pas trop qu'on se marre avec ça.

Il y a également celui qui a fait son analyse avec Lacan (de son vivant) ou l'un de ses héritiers – le genre de type qui dit sans rigoler que le verbe du malade fait énigme et que le déchiffrement de l'énigme fait énigme aussi. Moi, j'ai fait une analyse avec une psy ordinaire. Je n'ai jamais su si elle était lacanienne, ou anti ou néo, je savais juste qu'elle s'appelait Nicole. Alors évidemment, les petits loopings de mon inconscient ne tiennent pas la route, face à ceux de l'analysé lacanien qui se paie un fantasme de grossesse anale en trois minutes, rapport à la rapidité des séances – et qui sait évidemment identifier ce joyau du signifiant comme une émergence irréductible. Donc je remballe ma petite analyse (qui a eu le mérite de me faire du bien, c'est d'un banal) et je me tais. Lui, non. On est encore là (chez moi, je ne peux pas me tirer) à 2 heures du matin. Personnellement, j'appelle ça de la diarrhée verbale, mais je ne suis pas qualifiée.

Il y a celle qui s'est fait virer de huit lycées en trois mois alors que vous pensiez détenir le record avec trois lycées en deux ans. Il y a le cas social, à qui vous demandez comment ça va (par pure politesse, vu que vous venez de perdre votre papa) et qui vous fait l'état des lieux complet de « pourquoi ça va pas », sa vie n'étant qu'un ramassis de galères – boulot ingrat, solitude, herpès.

Il y a « l'ami » qui vous a soutenu le moral vingt ans plus tôt, quand vous nagiez dans une purée psychique assez pénible. Ça fait environ douze ans et demi que vous allez beaucoup mieux, mais il ne le voit pas. Il préfère garder de vous une image minable, juste pour garder de lui l'image du sauveur. Ce qui donne :

– Ma pauvre choute, ça va toujours aussi mal ?

– Non non, pas du tout, je...

– Quel gâchis ! Une fille comme toi, jolie, intelligente...

Et puis il y a ceux qui ont arrêté de fumer et qui ne s'en sont pas encore remis. Ils sont intarissables. Ils ont arrêté depuis deux jours, trois semaines, dix ans, avec patch ou shiatsu, sans bonbons, sous hypnose, avec mâchouillage hystérique de réglisse, en picolant trois fois plus, en changeant de mode de vie (deux heures de cheval sur la plage tous les matins) ou avec juste la volonté, les dents serrées – en effet, serrer les dents empêche bien de fumer. Ils en ont bavé (sauf celui qui a arrêté hyper facilement, juste pour faire chier le monde), ils ont pris dix kilos, ils toussent, ils ont retrouvé l'odorat (tout pue), ils sont pas contents, ils en font profiter le pauvre bougre qui continue de fumer et qui, apparemment, n'est toujours pas mort – ça les contrarie. Personnellement, j'ai déjà arrêté cinq fois. Ça me colle chaque fois une dépression sévère et, posée devant mon ordinateur avec le café sans la clope, je mets vingt minutes à trouver la touche qui va me fabriquer une virgule. Sans parler des... Mais j'arrête là, il paraît que je gonfle, avec mes sevrages. Il paraît que les histoires de placenta c'est plus marrant.

LE DONNEUR DE LEÇONS

Tout le monde en connaît au moins un. Il a un avis sur tout, il fait tout mieux que les autres et, fort de cette supériorité, il vous abreuve de conseils, quelle que soit sa nullité en la matière. J'en ai croisé un gratiné, l'autre jour. Un clodo à l'ancienne, le genre qui marine dans le picrate à cochons, qui arrive à vider un wagon de métro rien qu'en ouvrant la bouche, qui revendique fermement son choix de vie et pisse dans son froc parce que les toilettes gratuites, c'est pour les nases. Celui-là était en train de distribuer à son pote – plus jeune et moins amoché que lui – toutes sortes de conseils péremptoires pour en arriver là où il était : dans un océan de merde. Et le jeune l'écoutait pieusement, comme on écoute un trader vous expliquer le CAC 40.

FAUT PAS PRENDRE LES ENFANTS POUR DES ANDOUILLES

L'enfant ment souvent. Les joues barbouillées de chocolat, il vous jure droit dans les yeux qu'il a pas bouffé la tablette entière et que, de toute façon, il recommencera pas – il ment comme une patate, c'est trop mignon.

En revanche, c'est très mal de mentir à un enfant. Le premier psy venu vous le dira : l'enfant préfère encaisser une vérité cruelle, plutôt que de nager durablement dans une embrouille qu'il flaire depuis qu'il a des oreilles pour entendre et des yeux pour voir. On m'a raconté des salades toute mon enfance à propos de toutes sortes de broutilles non élucidées à ce jour. Résultat : un demi-siècle d'analyse.

C'est très mal et ça peut déboucher sur des complications sans nom. Exemple : Pitou le hamster ayant un bouton sur le nez, vous l'emmenez chez le vétérinaire, qui est sur le chemin de l'école. Le vétérinaire vous prend à part pour vous annoncer la terrible nouvelle : le bouton est un cancer stade 4. Donc, vous abandonnez Pitou à son triste destin – l'euthanasie – et, en accord avec le vétérinaire, vous mentez au gamin. Vous lui dites que Pitou va rester à la clinique le temps d'être complètement réparé, en espérant qu'il oublie l'affaire dans les plus brefs délais. Résultat : le gamin ne pense évidemment qu'à son Pitou, et tous les matins en allant à l'école, vous devez passer prendre la température du Pitou. Jusqu'au jour où vous devrez lui avouer la vérité – ou vous procurer un autre hamster pas assez ressemblant : « Ouiiiin, c'est pas Pitou ! » –, ce qui amènera le gamin à se méfier de vous et du corps médical jusqu'à la fin de ses jours. Alors qu'il est si simple de dire « Pitou il est clamsé », et surtout pas « il est parti au ciel avec mamie Simone », parce que, ça aussi, c'est un mensonge.

LES HAÏKUS

Dans la vieille mare,
Une grenouille saute,
le bruit de l'eau.

Vous venez de lire l'un des plus célèbres haïkus japonais, qui a donné lieu à de multiples traductions carrément divergentes, dont celle-ci :

Vieille mare –
Une grenouille plonge
Un ploc dans l'eau.

Il semble que le troisième vers fasse débat. On sodomise énormément de mouches à ce sujet, mais finalement, une majorité de spécialistes préfère « bruit » à « ploc ». J'avoue ne pas avoir d'avis tranché sur la question, je me demande seulement pourquoi ce haïku est plus vénérable que celui-ci :

J'éternue
et perds de vue
l'alouette

Peut-être parce que les spécialistes hésitent entre « alouette » et « mouchoir » ?

RIGIDITÉ MUNICIPALE

Il a plu à torrents toute la nuit. Onze heures d'affilée, un déluge biblique. Le matin à l'aube, les trottoirs dégoulinent encore de cette manne céleste, ils sont nickel, ils luisent comme la surface d'un lac. L'eau a emporté tout ce qui pouvait ressembler à une saleté ou à un grain de poussière. De plus, une nouvelle tornade de flotte s'annonce, si j'en crois la couleur et l'abondance des nuages. Et que vois-je débarquer au coin de la rue ? Le chouette petit camion vert qui vous noie en passant, l'arroseuse municipale – occupée à arroser l'eau.

« La consigne c'est la consigne », dit l'allumeur de réverbères au petit prince qui s'étonne de le voir allumer et éteindre son réverbère toutes les minutes sur une planète qui n'abrite qu'un réverbère et un allumeur.

LE PETIT CHÉRI

Beaucoup de mères sont trop laxistes, de nos jours. Si leur môme se torche les doigts pleins de chocolat sur les jolies robes exposées dans la boutique, elles ne mouftent pas. Si la tenancière de la boutique – c'est ma copine – ose une remarque aussi patiente que polie, la maman attrape son lardon par le bras et sort en couinant : « Viens mon chéri, elle est pas aimable la bonne femme. » Ce à quoi le môme répond en hurlant « Naaannnn », tout tortillé de colère. À la maison, ça doit être du sport. « Ne fais pas caca dans la cuisine mon chéri, les toilettes sont au fond du couloir à droite. » « Naaaaaannn ! » Cet enfant n'est pas responsabilisé, c'est certain, et dans les revues appropriées, on nous dit qu'il est bon de responsabiliser l'enfant. L'autre jour à la télé, j'ai vu une mère qui avait sûrement lu les revues appropriées. Elle avait trouvé un système qui semblait l'emplir de fierté. Chaque fois que le gamin bougeait un cil, il récoltait du fric : pour avoir obtenu un 3 en géographie, pour avoir rincé son assiette, pour avoir refermé le tube de dentifrice, pour avoir accepté de lâcher la télécommande. Chaque fois, l'événement exigeait une négociation des plus sérieuses : « Tu viens de te baisser pour ramasser ta chaussette, à ton avis, ça vaut combien ? » À mon avis à moi, cette méthode va porter ses fruits. Devenu grand, ce petit salopiaud réclamera trois briques à son épouse pour sortir le beurre du frigo.

LE GPS MAL EMBOUCHÉ

Je cherche la rue Gabrielle et j'ai une vague idée de l'endroit où elle se trouve : par là, au pied de la butte Montmartre qui est par là. Mon idée étant trop vague, je me renseigne auprès d'un passant et je tombe sur le gars buté qui ne réfléchit pas avant de l'ouvrir (ça va souvent ensemble). D'ailleurs il ne l'ouvre pas, il se contente d'indiquer d'un geste autoritaire la direction opposée. Me voilà bien embêtée. Je bredouille timidement : « C'est drôle, je la voyais plutôt par là » et le type m'aboie dessus : « Pourquoi demander quand on sait, hein ? C'est bien de la bonne femme, ça ! » N'osant contrarier cet aimable personnage, j'obéis et me retrouve à la porte de Saint-Ouen. C'est pas là du tout, la rue Gabrielle.

Même chose si vous avez une vague idée de l'endroit où se trouve Saint-Patoune-sur-Cher. Vous avez bien envie de tourner à droite au rond-point, mais le monsieur vous dit à gauche et, vers 23 heures, vous errez dans Saint-Patoune-sur-Beuvron à la recherche d'un hôtel.

L'ORANG-OUTANG

La jungle est cruelle, on y défend âprement son bifteck. (Ça s'appelle la loi de la jungle.) Le surmulot marié trucide le surmulot célibataire, le geai pille le nid du voisin, le figuier étrangleur broie les vestiges du bagne de Cayenne – bien fait, un bagne c'est pas sympa – et chacun se veut roi sur son territoire. En ville, l'homme retrouve cet instinct quand la situation l'exige. Surtout au volant. L'autre jour, alors que je me balade innocemment sur mon petit vélo, la fermeture éclair de ma parka ouverte heurte une aile de voiture et ça fait « tic ». L'instant d'après, arrêtée au feu rouge, je me crois victime d'un séisme assez conséquent. Pas du tout. C'est le conducteur qui, ayant entendu le « tic », m'attrape par le porte-bagages et me secoue comme un prunier. Au bout de deux minutes – ça n'a l'air de rien mais c'est long –, il me lâche pour réintégrer son véhicule. Un orang-outang, au moins, aurait dit GRONK ! Lui, rien du tout.

ICÔNES

Certains morts déjà adulés de leur vivant accèdent à la canonisation après avoir trépassé : le commandant Cousteau, Yves Montand, Charles Trenet ou, plus récemment, Steve Jobs. Or, Cousteau a passé sa vie à faire chier les mérous, Montand n'était pas le plus futé pour flairer les dictatures à cinq centimètres de son nez, Charles Trenet était l'un des personnages les plus aigris de l'univers chanson. Quant à Steve Jobs, qualifié par la planète en larmes (dix mille tweets à la seconde le matin de la triste nouvelle) de « prophète », « dieu vivant » et « génie visionnaire » parfois même comparé à Einstein, il a inventé un truc avec une pomme et fourgué partout dans le monde une palanquée de iChose numérotées et fort coûteuses sans lesquelles on ne pourrait plus vivre, paraît-il. Une petite semaine plus tôt, le chercheur canadien Ralph Steinman était mort lui aussi, embarqué par le même cancer que Steve, trois jours avant de recevoir le prix Nobel de médecine qu'il n'a donc pas pu recevoir. Œuvrant dans l'immunologie, il s'était rendu fort utile dans le combat contre les cancers, les maladies auto-immunes, les rejets de greffes et le sida. Ça a très peu tweeté, c'était pas un dieu vivant, c'était juste un tâcheron.

LA MALÉDICTION DE LA POMME

– Allo ?

– C'est moi, mon Dédé. Il m'arrive un truc dingue. Je venais de pondre un petit texte pas trop sympa sur Steve Jobs, son petit Mac, sa petite pomme, tu sais, le…

– Oui je sais.

– J'avais mis ça dans un dossier à part, nommé « chantier » vu que c'était en chantier, et au moment de le sauvegarder sur ma clé USB, ça refuse ! Ça dit que le dossier contient des mots qui ne peuvent pas être enregistrés – j'ai oublié les termes exacts mais l'idée générale, c'était ça. Jamais eu un message de ce genre avant. Bref, j'essaie une autre clé USB, même chose. Alors j'éteins mon Mac pour lui recadrer les neurones. D'habitude, quand j'appuie sur le bouton qui sert à éteindre, on me demande poliment si je souhaite « réellement éteindre mon ordinateur maintenant », je confirme, et vu que mon Mac commence à se faire vieux, ça merdouille un peu. Y a

Word qui veut pas fermer, y a Firefox qui veut pas fermer, y a Mail qui veut pas fermer, ça met un bon quart d'heure avant que tout le monde se décide à fermer. Là, j'appuie sur le bouton : clic, écran noir, sans la formule de politesse ni les trucs qui veulent pas fermer. J'ai cru qu'il était complètement mort, qu'il avait même plus la force de me fabriquer une bombe. J'ai rallumé pour voir, ça a fait clong, tout est revenu, sauf que les deux clés USB étaient vides, désertes, plus rien dedans. Franchement, ça fiche la trouille.

– Tu sais quoi ? Supprime le truc sur Steve Jobs.

UN DIMANCHE À LA CAMPAGNE

Vous avez la chance d'habiter une maison équipée de cinq chambres dans une campagne assez riante et ça vous rend populaire. Du 15 mai au 31 août, vous êtes obligée d'établir un planning d'occupation des lieux. (Je dis « obligé*e* » avec un *e* parce que votre mari, si vous en avez un, ne vous sera d'aucune utilité – sauf exception, je ne voudrais vexer personne.) En effet, du 15 mai au 31 août, un tas de gens sont pris d'une subite envie de « vous voir » : famille, amis, copains d'amis, enfants de copains, chiens d'amis.

Prenons un dimanche de juillet avec météo radieuse. Vous hébergez ce jour-là une tribu et, la veille au soir, vous avez lancé joyeusement : « Pour ceux qui veulent venir au marché demain, c'est départ 7 heures. Après, il fait trop chaud et on ne peut plus se garer. » « Formidable, quelle bonne idée ! » s'est-on écrié. Le dimanche matin à 7 heures, vous attendez dans le jardin l'arrivée des troupes.

Le soleil poudroie, l'herbe verdoie, mais vous ne voyez rien venir. Au retour du marché, vous trouvez la tribu attablée devant un copieux petit déjeuner. « Tes confitures sont formidables, Josiane ! » Vous déchargez la voiture et rangez les courses. « Elle est formidable, Josiane ! » Pendant que vous attaquez quelques menus travaux, dont l'épluchage et l'épépinage de trois kilos de tomates, la tribu est sous la douche, ou en attente de douche – il n'y a qu'une salle de bains. D'ailleurs, ça grogne dans les couloirs, tout le monde préférant passer avant pour pouvoir aller glander après – au lieu de glander avant et de passer après. Pendant ce temps, vous débarrassez la table du petit déjeuner. Et tout à coup, étrangement, en dehors du chien qui a enfin trouvé votre chat et souhaite lui faire la peau, vous ne croisez plus personne, vous n'entendez plus aucune voix, un calme olympien règne sur toute la région. Où sont-ils passés ? Mystère. En tout cas, ils réapparaissent à midi moins dix, fin prêts pour l'apéro et le déjeuner – ils ont torché deux plaquettes de beurre et cinq baguettes trois heures plus tôt, mais l'air de la campagne ça creuse. Personne n'ayant l'idée de mettre la table – sauf Cunégonde qui ne sait pas où trouver les fourchettes, ni les assiettes, ni le sel, ni les serviettes –, vous vous y collez. Passons sur le déjeuner : « Ton rôti est formidable, ton petit vin est formidable, Josiane est formidable. » Après quoi, raides pétés, ils foncent tous sur les chaises longues pour se taper une petite sieste pendant que vous débarrassez à nouveau la table. Cunégonde avait bien entrepris de vous aider mais elle n'a pas trouvé le lave-vaisselle. Après rangement et nettoyage, vous vous écroulez sur le canapé du salon, toutes les chaises longues étant occupées. Plus tard, un peu requinquée, vous pointez joyeusement le nez dehors et criez à la cantonade : « Qui veut une citronnade bien fraîche ? » Silence et ronflements. « Ohé ! Qui veut une petite citronnade ? » Brusquement, Ernest gicle de sa chaise longue : « Oulàlà, moi j'ai pas le temps, mon train est dans vingt minutes. Tu peux m'accompagner à la gare ? » Vous accompagnez Ernest à la gare. Au retour, ils sont tous réveillés et ils ont ouvert une bouteille de rosé – Cunégonde a trouvé la bouteille et le tire-bouchon, elle progresse. Raymond vous sert un petit coup, mais « un seul », précise-t-il d'un ton coquin. Son train est à 20 heures, faudrait pas que vous soyez bourrée pour l'accompagner à la gare.

Dieu merci, de novembre à mars, personne n'a envie de vous voir. Sauf l'ami fidèle, amateur de promenades vivifiantes dans le crachin venteux – en votre compagnie. Si vous restez bouquiner tranquillement au coin du feu, ça lui coupe l'envie, il s'assied à côté de vous et fait la gueule.

LA BOUTE-EN-TRAIN

– Ça alors ! Bernadette ! On ne s'est pas vues depuis Noël 2010, dis donc…

– M'en parle pas, je déteste Noël, les cadeaux, la bouffe, les sapins…

– Ah bon ? Sinon, ça va ?

– Fait trop chaud. Ça m'oppresse.

– Remarque, après trois mois de flotte, ça fait plaisir quand même, un peu de soleil…

– Oui mais là, fait trop chaud… T'as déjà acheté du muguet ?

– C'est pour Vincent, tu te souviens de Vincent ? Il est en train de repeindre son appartement avant de le vendre, je vais passer le voir…

– Le muguet ça porte malheur si on l'offre avant la date. Et ça sert à rien de repeindre, ils achètent pas, en ce moment.

– Euh, à part ça, Roger va bien ?

– Il a chopé un cancer de la rate.

– Zut alors c'est triste, je suis désolée.

– Pas de quoi, il me pompe l'air ce chien, il me fout des poils partout. Et le cancer, tout le monde l'attrape, maintenant. Tu te souviens de Roselyne ? Elle…

– Oh là là dis donc, déjà midi, faut que j'y aille, moi ! À plus !

MOURIR DANS LA DIGNITÉ

Cette formule me gonfle au plus haut point. Et plus encore, l'idée qu'on puisse légiférer la dignité. D'ailleurs, l'ADMD (Association pour le droit de mourir dans la dignité), qui milite pour la légalisation de l'euthanasie et de « l'autodélivrance assistée », rame depuis trente-deux ans, c'est pas bon signe.

De toute façon, ça existe déjà et tout le monde le sait. Évidemment, si vous êtes équipé d'un toubib spécialement borné et d'une famille qui vous aime au point de vouloir « profiter » de vous jusqu'à votre dernier hurlement de douleur, vous êtes mal. Sinon, des tas de gens arrivent aujourd'hui à s'autodélivrer en toute discrétion, grâce à des médecins et un entourage aussi intelligents que généreux. (Soit dit en passant, je compte sur ce genre de personnes si, le moment venu, je suis trop amochée pour aller jusqu'au tube de barbituriques le plus proche.) Évidemment, ça reste affreusement triste parce que la mort est une chose affreusement triste, mais l'affaire passe en douceur. Sauf, bien sûr, si le postulant a mis en œuvre un énorme tintouin avant de se faire autotrépasser : courrier au président de la République, conférences de presse, télé et, s'il est en forme, bouquin. Dans ce cas, les instances supérieures se sentent obligées de remettre sur le tapis le « douloureux problème de la fin de vie » et la fameuse dignité.

De quelque manière qu'on prenne la chose, la maladie, le changement de couches à heure fixe, la douleur et la mort n'ont strictement rien à voir avec la dignité. On peut vivre dans la dignité – c'est du taf – mais certainement pas y mourir. Mourir dans la liberté me conviendrait mieux, sans loi. Ou, à la rigueur, mourir de manière grotesque, histoire d'amuser les survivants. Comme cette actrice mexicaine de 36 ans, Lupe Velez (Maria Guadalupe Velez de Villalobos à l'état civil), qui, voulant quitter ce monde avec élégance (et dignité ça va de soi), avait mis en scène un départ spectaculaire à l'issue d'un banquet entre amis. Impeccablement maquillée, coiffée et vêtue, elle avala un tube de Seconal et s'allongea sur son lit dans une pose photogénique. Comme elle avait pas mal picolé avant, elle se sentit barbouillée, se traîna jusqu'à la salle de bains, vomit sur le carrelage, glissa dedans, chuta, se fracassa le crâne contre le lavabo et, rechutant, atterrit la tête dans les chiottes où elle mourut noyée. (C'est ce qu'on raconte, mais je crains que le récit ne soit légèrement enjolivé.) Quant au compositeur Jean-Baptiste Lully, alors qu'il dirigeait l'une de ses œuvres en battant la mesure à grands coups de canne sur le plancher, il s'écrabouilla un doigt de pied. Lequel doigt de pied se gangrena, etc. (Depuis, les chefs d'orchestre battent la mesure en l'air.) Mais la palme revient à ce parfait crétin anonyme qui, devant sa femme et ses enfants éblouis, mourut étouffé en voulant avaler d'un seul coup une tranche de rôti : c'était un pari, il voulait faire mieux que le chef du personnel qui avait englouti sept œufs durs sans respirer. On fait difficilement plus tarte – et moins digne.

LE MOUSTIQUE

BZZZZZZZZ…

– PAF !

… bzzzb ??? bzzz… BZZZZZZZZZZZZZZZZZ

– REPAF ! (BADABOUM, lampe de chevet)

BZZZZZZZZzzzzzzzzzzzzzzzzzzZZZ

– BAM ! (AÏE, claque dans la gueule)

BzzzzzzZZZZZZZZ ZZZZZ

– ET VLAN ! SALOPERIE !

(…)

BINGO ! JE L'AI EU !

BZZZZZZZZ… BZZzzz… BZZZZZZZZZZZ ZZZZZZZZZZZZZZ ZZZZZ

LE PETIT CON DE 17 ANS

Quoi qu'on en dise dans les pubs pour sonotones et autres baignoires à porte, vieillir n'est pas une aventure très exaltante. On se fissure de partout, on rouille, on n'embellit pas, on met la semaine à retrouver le nom du type qui a fait le film avec la fille qui jouait dans l'autre film qui se passait en Irlande (ou en Espagne), et on met une plombe à dérouler la liste des dates proposées sur Internet quand un site réclame une année de naissance – c'est là qu'on saisit parfaitement la « notion du temps évaporé » dont parlait un certain Marcel Proust, qui disait également (les flemmards peuvent sauter ce passage) : « *J'éprouvais un sentiment de fatigue et d'effroi à sentir que tout ce temps si long, non seulement avait, sans une interruption, été vécu, pensé, sécrété par moi, qu'il était ma vie, qu'il était moi-même, mais encore que j'avais à toute minute à le maintenir attaché à moi, qu'il me supportait, moi, juché à son sommet vertigineux, que je ne pouvais me mouvoir sans le déplacer.* » Traduction sommaire, pour ceux qui ont sauté le passage : « Je flippais à l'idée d'avoir mariné si longtemps dans un truc qui me collait aux baskets et que je devais continuer de trimballer partout, vu que c'était ma vie. » (Forcément, c'est moins bien que l'original.)

Donc, vieillir est fâcheux mais le plus énervant, c'est ce charmant petit con de 17 ans qui me regarde comme si j'étais une commode Louis XV, avec respect dans le meilleur des cas, et une certaine incrédulité quand il me surprend à ranger mes lunettes dans le frigo : comment peut-on en arriver là ? (Et n'allez surtout pas lui dire « tu verras quand tu auras mon âge », c'est contre-productif.) Je ne pense pas être spécialement décatie, mais entre lui et moi il y a un gouffre, c'est sûr. Non seulement il se croit immortel, mais l'idée qu'il puisse vieillir un jour lui dépasse l'entendement. D'ailleurs, certains vous déclarent tout net qu'ils se suicideront à quarante ans, vu que la suite est trop moche à voir.

Néanmoins, le statut de commode Louis XV présente quelques aspects sympas – entre autres, celui d'avoir pour copines des commodes Louis XIV. L'autre jour, j'en croise une dans la rue, l'air vachement pressé. « Je vais acheter du poisson, j'ai des invités », dit-elle. Puis, freinant sec et repartant dans l'autre sens, elle ajoute : « Merde, j'ai oublié de mettre mes dents. » J'en rigole encore. Là aussi, il y a un gouffre : le petit con de 17 ans devra attendre un bon demi-siècle avant de pouvoir apprécier ce genre de choses.

LA VIE DU RAIL

Comme je prends souvent le train, on m'a gratifiée récemment d'une carte « grand voyageur » qui me fait bénéficier d'un paquet de privilèges sensationnels comme des guichets « dédiés » et autres lignes téléphoniques « dédiées ». Moi, ce que j'aimerais, c'est arriver à voyager normalement. Et je n'y arrive pas, entre les trains supprimés, les trains en retard, les trains en panne, les trains qui reculent (oui !) et les trains équipés de toilettes condamnées – ça, c'est un must. Mon meilleur souvenir est sûrement ce jour d'été (2010 il me semble) où, partie d'Orléans avec le projet très simple d'arriver à Paris soixante minutes plus tard, j'ai erré pendant exactement trois heures entre Les Aubrais et Orléans – la navette qui relie les deux gares mettant cinq minutes en temps ordinaire. En effet, un train stationné en gare des Aubrais croupissait sous un soleil de plomb, contenant déjà les usagers (furibards) de deux autres trains rayés du planning, pendant que le suivant n'arrivait pas. Les agents porteurs d'informations nous conseillaient de prendre la navette pour Les Aubrais quand on était à Orléans et de reprendre la navette pour Orléans quand on était aux Aubrais – n'étant pas mieux renseignés que nous, ils meublaient. J'en étais à mon huitième aller-retour quand un agent plus déprimé que les autres m'a confié en douce : « Si j'étais vous, je passerais par Tours. De là, vous n'auriez qu'une petite heure d'attente pour choper le train de Paris. »

Il fut un temps où prendre le train était banal : on fourrait quelques culottes dans une valise, on achetait un journal et, éventuellement, un sandwich. On montait dans un train qui démarrait, roulait et arrivait.

Aujourd'hui, c'est une épopée qui exige un minimum de logistique.

La veille du départ :

– Vérifiez sur Internet l'absence de tout mouvement social impromptu. Si vous faites partie des 25 % de Français qui n'ont pas accès à Internet, prenez votre téléphone, tapez dièse, tapez étoile, attendez, recommencez, attendez, tapez bémol et balancez votre téléphone par la fenêtre. Ça défoule bien, ça évite l'infarctus, qui est très mauvais pour la santé.

– Si vous avez un chien, pensez à faire une heure de queue dans une agence pour acheter un billet canin, vu que les distributeurs automatiques ne distribuent pas de billets canins.

– Prévenez un ami serviable qu'il devra peut-être vous récupérer en gare de Verneuil-sur-Avre pour vous transférer en gare de Dreux, où vous prendrez un autre train, au cas où le premier train resterait figé à un kilomètre en amont de Verneuil-sur-Avre comme lundi dernier.

– Faites bien attention de ne pas réserver par erreur dans un TGV « à ambiance », appelé IDTGV. Dans le IDZEN, il est interdit de rigoler trop fort, il faut éteindre son portable et laisser le chien à la maison. Dans le IDZAP, vous trouvez tous les mioches (très mal vus dans le IDZEN) et, la convivialité y étant obligatoire, vous n'avez pas fait trois cents mètres qu'une voix vous enjoint de saluer vos voisins si ce n'est pas encore fait – d'après une copine qui a testé, sans le faire exprès, un wagon de ce genre et en est ressortie complètement furax.

Le jour du départ :

Embarquez avec vous un kit de survie un peu plus complet que le simple boussole-sifflet-couteau.

– Un pack de six bouteilles d'eau en cas d'arrêt prolongé dans le maïs par 35 ° à l'ombre – le train n'est pas à l'ombre.

– Un pot de chambre, au cas où vous prendriez l'un de ces trains où l'accès aux toilettes n'est pas compris dans le prix du billet. (Un pot de chambre de toute façon, puisque l'usager n'est jamais prévenu de cet état de fait.)

– Une couverture de survie double face, l'une protégeant d'une chaleur excessive, l'autre d'un froid polaire, selon que la clim est en panne, ou le chauffage.

– Deux ou trois fusées de détresse. Toutefois, une simple lampe de poche fera l'affaire si vous maîtrisez le morse ou, du moins, le nombre réglementaire de points et de tirets pouvant se traduire par « on est en rade ».

– Une paire de jumelles pour guetter l'arrivée des agents porteurs d'informations.

– Un livre de huit cents pages pour attendre sereinement l'arrivée des agents porteurs d'informations.

– Un QI d'environ 130, qui vous permette de tirer une conclusion cohérente des informations recueillies, incluant successivement l'incident de voyageur, la panne de loco, l'explosion de gaz à Argenteuil et la vache sur les rails – les vaches adorent regarder passer les trains, mais cette vache-là a voulu voir de plus près pourquoi SON train de 13 h 40 n'était toujours pas passé à 14 h 50.

– Un optimisme contagieux et un sens inoxydable de la convivialité.

– Et n'oubliez surtout pas votre mobile (au cas où il y aurait du réseau) pour prévenir vos amis que vous arriverez avec un retard probable de douze heures dix-sept minutes.

Je tiens à préciser que, la dernière fois que j'ai pris un train, il est arrivé à l'heure. Le conducteur sidéré l'a annoncé triomphalement dans son petit micro grésillant : « Notre train arrive en gare d'Austerlitz à l'heure prévue ! » L'usager a rigolé – il a bon caractère.

OSCAR DU MARRONNIER LE PLUS PÉNIBLE

Dans l'ensemble, les marronniers médiatiques ne brillent pas par leur intelligence : ablation de cinq kilos en mai, croisement juillettistes contre aoûtiens, poids du cartable en septembre (il est lourd), passage de l'heure d'été à l'heure d'hiver (avec historique de la chose), soleil sur Nice en février (les Niçois lézardent sur la plage mais seuls quelques courageux osent la baignade), canicule estivale (il faut humidifier les vieux), pluie estivale (on loue beaucoup moins de parasols), rentrée littéraire d'Amélie Nothomb, courses de Noël (au dernier moment), beaujolais nouveau (plus fruité que l'année dernière), etc. Mais le plus tarte, auquel on a droit à la télé deux fois par an, c'est le jour d'ouverture des soldes dans une grande surface dédiée à l'électroménager. À 8 heures tapantes, le rideau de fer se lève lentement et l'homo *sapiens* (adjectif latin signifiant : *intelligent, sage, raisonnable)* s'engouffre là-dessous – les premiers à plat ventre, les suivants à quatre pattes.

Puis il fonce poser son cul, l'un sur une machine à laver, l'autre sur une gazinière – attitude signifiant que ce truc lui appartient et que les autres mâles dominants feraient mieux de s'écraser.

Les Martiens, qui sont beaucoup plus évolués que les Terriens puisqu'ils ont déjà débarqué chez nous dans de nombreux films, doivent se poser des questions : faut-il s'obstiner à vouloir coloniser une planète peuplée de spécimens sûrement trop cons pour arriver à leur cirer les ventouses correctement ?

J'AI DU MAL À DIRE NON

« Je pars deux mois au Brésil, tu veux bien nourrir mon chat ? Tous les jours, sinon il va déprimer. Tu verras, deux mois c'est vite passé. » Oui, surtout au Brésil. Tandis qu'à Paris, quand vous habitez à Montparnasse et le chat à Belleville, ça passe beaucoup moins vite. Bref, la question était « tu veux bien ? » et j'ai répondu oui.

D'après les spécialistes, il semblerait que cette inaptitude à refuser remonte (comme tout le reste) à l'enfance, et plus précisément à la période où le môme, vers 2 ou 3 ans, comprend qu'il est un territoire autonome et teste cette autonomie en s'opposant. Il répond non aux questions : « Tu aimes bien les bonbons, hein mon poupougnou ? – Nan ! » Aux conseils avisés aussi : « Tu devrais mettre ta cuiller ailleurs que dans ton oreille. – Nan ! » Et même aux simples constatations : « Tiens, un joli papillon ! – Nan ! » Ça finit par énerver les parents, qui tentent de lui inculquer l'idée que dire non c'est mal, à coups de petits chantages affectifs. « Papa et maman ne vont plus du tout aimer le poupougnou s'il continue de dire non comme un abruti. » L'enfant, désireux de plaire à ses parents puisqu'il en dépend pour la cantine et les transports, apprend donc à dire oui. Désireux de plaire aussi à ses copains de récré, il dit oui au grand de CM2 qui lui demande : « Tu me prêtes ton chewing-gum ? » Cette trouille du désamour pouvant survivre à l'enfance, certains adultes continuent de dire oui dans l'espoir d'être aimés en retour ou, au moins, d'éviter un conflit jugé invivable avec un « supérieur » – ce terme incluant le patron, le conjoint, les parents, le chien, la voisine, les amis, les vendeuses et à peu près toute la planète.

C'est ainsi que vous vous retrouvez à traîner douze mouflets au musée ou à la piscine parce que leurs mères sont « débordées » et pas vous. Et contrairement à ce que vous espériez, on ne vous aime pas davantage, vous accédez seulement au statut de poire universelle. Moi, je suis toujours restée ferme sur les loisirs enfantins, et personne n'a jamais osé me demander d'organiser l'une de ces fêtes où vingt-trois mômes déguisés en pâquerettes s'adonnent au lancer de confiture – la réponse eût été non. Mais j'ai du mal avec les vendeuses. Si je résiste bien au modèle vraiment crétin – « le tutu-baskets se fait beaucoup cette année » –, j'ai des faiblesses pour la pauvre gamine qui a déjà remonté du sous-sol quinze paires de chaussures dont aucune ne me va. Si bien que j'achète la seizième pour lui faire plaisir – elle ne me va pas non plus et ça ne lui fait pas plaisir, elle aurait préféré que j'achète la première. J'ai également du mal avec le casse-couilles rencontré chez des copains, qui m'invite à dîner, mais sans les copains. Au lieu de répondre avec un sourire teigneux : « Hélas, voyez comme c'est ballot, je m'envole demain pour Caracas et ne pense pas être de retour avant 2025 », je vasouille dans des « euh ben » qui lui permettent d'accentuer la pression. Le jour fatal, alors que j'envisage de prendre mon téléphone pour lui annoncer une gastro (l'excuse imparable, évocatrice de galères bien plus pénibles que le simple enterrement d'un cousin), il me devance d'une minute et demie : il a déjà réservé dans le chouette resto italien que j'adore, et ça deviendrait méchant de dire non. Or, la nature étant mal faite, le casse-couilles apprécie ma conversation. Il commande donc toute la carte, et je passe trois heures à écouter le récit de son combat quotidien – il fait dans la poésie et cherche depuis une semaine le mot juste pour évoquer la pureté d'une fleur de prunier – en priant pour qu'un incendie se déclare en cuisine. Néanmoins, je suis vaccinée pour les années à venir : la prochaine fois, voyez comme c'est ballot, je serai en partance pour les îles Kerguelen, jadis appelées îles de la Désolation, sans doute parce que le climat y est glacial et extrêmement venteux.

En attendant, pour le chat, j'ai dit oui. Je tiens le bon bout, j'en suis déjà à mon trente-quatrième trajet Montparnasse-Belleville. Quant au bestiau, je n'ai jamais réussi à l'entrevoir, il se planque, il me hait.

AUJOURD'HUI JE PROCRASTINE, DEMAIN AUSSI

Lundi : aujourd'hui, c'est décidé, je range ce tiroir plein de rallonges trop courtes, de chargeurs de machins, de clés USB niquées, de prises noires avec un fil au bout (censé connecter quoi ?), de piles usagées (à porter où il convient de porter les piles usagées), de modes d'emploi périmés (dont celui d'un ventilateur légué par le locataire précédent), de petites boîtes qui peuvent servir, de clés qui n'ouvrent plus rien (ou quelque chose, mais quoi ?), de petites trousses très pratiques, d'agendas 1993 à 1998, d'étuis de parapluies sans parapluies, de mystérieuses lanières, de trombones et de punaises.

Mardi : j'ai rien rangé du tout, je ferai ça en janvier.

UN MERVEILLEUX MÉTIER

Voilà plus de trente ans que j'écris des trucs et des machins. Ça ne fait pas de moi un écrivain, comme Honoré de Balzac ou Guillaume Musso, ça fait juste quelqu'un qui écrit des trucs et des machins. Et quand on me demande ce que je fais comme métier, je suis bien embêtée. Si je réponds « écrivain », on exige des précisions – mon nom, par exemple. (Un écrivain a un nom et il part vivre en Irlande à cause des impôts.) Je prends un air confus pour avouer que je ne suis pas très connue. La personne insiste, je murmure mon nom et, en effet, ça ne lui évoque rien. Elle est déçue, elle me méprise – pour une fois qu'elle rencontre un écrivain, il est nase. Si bien qu'en général, je me contente de dire : « J'écris des machins. » Ou des trucs, ça dépend. Là, on me répond, les yeux pleins d'espoir : « Alors vous êtes écrivain ? » On me demande mon nom et c'est reparti, on me méprise exactement pareil. Si une personne arrive à comprendre que j'écris des trucs et des machins, elle comprend aussi que c'est pas grand-chose et demande : « Mais à part ça, qu'est-ce que vous faites ? » (À part ça, je fais roi du pétrole au Qatar.) Et puis il y a ceux qui se fichent de ma notoriété : tout simplement, ils trouvent que je fais un merveilleux métier. Alors là, je voudrais glisser un petit bémol.

Jadis, l'écrivain digne de ce nom avait « fait Pivot ». Certains quatre fois – c'est ce qu'ils prétendaient dans les salons où l'on sympathise de gré ou de force avec l'auteur assis à côté. C'était formidable, Pivot. On avait passé deux ans à écrire un livre, et il suffisait de manquer de peps ce jour-là ou de nager dans la semoule style Modiano en moins craquant, pour gâcher l'impact sur le lecteur. Heureusement, je n'ai jamais fait Pivot. Mais j'ai fait une émission littéraire très classieuse, le dimanche matin sur France 5, à l'heure de la messe. Tous ceux qui n'étaient pas à la messe, ni au lit, ni au marché, ni à Trouville, m'ont vue. Il paraît que mon pull était bien. Je l'avais acheté exprès. C'est comme ça : au moment de passer à la télé, vous constatez que vous n'avez rien à vous mettre et vous achetez un pull. Après, la maquilleuse vous dit que vous avez la peau sèche et vous tartine cinq millimètres de ciment armé nuance « bronzé » que personne ne vous enlèvera à la sortie. Après, on vous offre le champagne pour vous détendre, et après il y a l'émission. Là, c'est d'une simplicité biblique. Il suffit d'intervenir à bon escient, avec quelque vivacité – trouver la réponse idoine trois jours plus tard est énervant – et de rire aux bons mots des confrères tout en essayant d'en balancer un ou deux aussi tordants. Il faut également penser à ne pas regarder les caméras en face – on vous l'a dit trois fois mais ça vous attire – et surtout, à ne pas s'endormir à cause du champagne, qui commence en effet à bien vous détendre vu qu'il fait 35 ° sous les spots. Tout ça en souriant affectueusement, sans fumer, et sans claquer la gueule de la consœur qui, ayant décidé de faire la promo de mon livre (c'est gentil), commence chaque phrase par « dans le bouquin de mèdême ». Et après, on vous dit : « Ton pull était bien. »

Dans la foulée, on m'expédie à une signature en nocturne au salon du livre. La nocturne est une nouveauté, cette année-là. D'ailleurs, personne n'est au courant et les travées sont à peu près désertes. Assise derrière ma pile de livres, j'essaie de garder un air avenant. (Il est assez pénible de garder l'air avenant derrière une pile de livres qui ne descend pas d'un iota, mais c'est faisable.) La première heure, je ne vois passer que des égarés, principalement ceux qui cherchent les chiottes, mais aussi un gentil garçon qui a pondu un opuscule sur les traumatismes enfantins de Strauss – pas Johann qui a écrit des valses, ni Richard qui a écrit des opéras, mais un certain Solveg, qui a écrit une vie de Mahomet très controversée. Cet allumé cherche l'éditeur approprié et s'imagine que je connais ça, puisque j'ai l'air de tenir un stand. Je ne connais pas, je lui souhaite bien du plaisir et lui indique la direction des chiottes, pendant qu'il est dans le coin. Je commence à me barber sec, quand je note un début d'animation. Pas chez moi, juste à côté. Des gens empilent des livres sur la table, des clients commencent à faire la queue. On attend l'arrivée d'un best-seller. On attend toujours. Les clients fatigués d'attendre posent une fesse sur ma table à moi. Je pousse un peu mes livres pour caser les fesses. Un monsieur ouvre mon bouquin et le feuillette en laissant échapper un gloussement, ça a l'air de l'amuser. Mais pas au point d'acheter. Il repose le livre n'importe où, et se remet à attendre en scrutant le plafond. J'aimerais bien l'étriper ou, au moins, lui demander pourquoi il ne me dit pas bonjour, quand la star arrive. C'est « un » star, je le connais, il est adorable. Il se pose sur sa chaise, rigole et s'excuse pour les fesses de ses clients : jadis, il a vécu mon cauchemar, il se rappelle très bien. Il avait fait une signature dans une foire au jambon. Il était avec son premier livre (grosse émotion) entre deux stands de cochonnailles, humilié comme un rat. J'ai donc toute sa sympathie. Et l'espoir de devenir moi aussi un best-seller.

Une autre fois, mon livre est une biographie dont le héros est mort. (Mettons que mon héros mort s'appelle Desborges.) Les clients veulent tous une dédicace du mort – les lecteurs les plus éclairés manquent parfois de bon sens. Moi, je ne les intéresse pas. Si par hasard je les intéresse, ils me posent des questions :

– Je m'appelle Josette, je peux vous prendre en photo ? (Je dis oui, elle n'achète pas.)

– C'est la meilleure bio sur Desborges, à votre avis ? (J'éclate de rire, elle n'achète pas.)

– Vous croyez que votre livre peut changer l'idée qu'on se fait du monde ? (Je réponds non ça m'étonnerait, il n'achète pas.)

Heureusement, j'ai averti les copains de ma présence au stand 23 de l'allée G, et ils débarquent en commando. Ils ont déjà mon livre mais ils le rachètent et je signe. Les copains, c'est bien. La petite personne qui s'occupe du stand est très bien aussi : mon éditeur n'ayant rien à boire, elle part me récolter différents breuvages sur les stands voisins : vodka, champagne, vin blanc. Ce qui fait que je passe trois heures dans les choux, à vendre vingt-deux livres à mes copains.

Et puis je suis invitée à la maison de la Radio pour parler de mon héros mort. L'intervieweur me regarde droit dans les yeux et me demande d'une belle voix profonde : « Alors, Desborges, en deux mots ? » J'ai passé six mois de ma vie à tenter de cerner ce personnage complexe avec des milliers de mots délicatement choisis, mais lui, il s'en tape, il a pas lu le livre. Et ça l'arrangerait bien que je lui dise, en deux mots parce qu'on n'a pas que ça à foutre, comment était ce type-là. Les deux autres intervieweurs qui me convoquent le lendemain n'ont pas lu le livre non plus. S'il fallait lire les livres dont on parle, on n'aurait plus le temps de parler, n'est-ce pas. Le suivant connaissait personnellement Desborges (très bien, il l'a croisé dans un couloir un vendredi matin), alors il en parle – l'aspect positif, c'est qu'il ne me pose pas la moindre question. Le suivant a lu la moitié du livre et il voudrait que je lui explique pourquoi Desborges, c'est drôle.

Malgré tout, il ne faut jamais sombrer dans l'amertume parce que c'est inesthétique. Il vaut mieux s'accrocher aux instants de pur bonheur. Par exemple, je n'oublierai jamais mon premier contrat pour mon premier vrai livre à moi – pas un livre de nègre, ni un opuscule sur les mérites comparés du citron et de la myrtille. Non, mon premier vrai livre personnel à moi. En cet honneur, l'éditeur me propose de l'argent avec un enthousiasme qui m'étonne un peu, on me traîne dans quelques salons littéraires où les habitués échangent les derniers potins sur des tapis à trois milliards, je me prends les pieds dans les tapis, mais, eu égard à mon immense talent, on me pardonne. Un copain m'assure que je vais connaître la gloire : je passerai mon temps à renvoyer le champagne d'un geste dédaigneux (trop de bulles) – c'est l'idée qu'il se fait de la gloire. Bref, quelques mois plus tard, l'enthousiasme baissera considérablement à la vue des chiffres. Les « chiffres », c'est un tas de colonnes avec des soustractions et des additions nébuleuses – surtout des soustractions – et le seul truc qu'il comprend, l'auteur, c'est le zéro final, tout en bas à droite, représentant la somme qui lui est due. Quelquefois, au lieu du zéro, il y a 42,50. Là, il est drôlement content.

LES PETITS ZENFANTS

Écrire pour les enfants, ça rafraîchit, ça vous remet l'ego où il devrait toujours rester : au ras du parquet. Mon livre parle d'un chat multicolore et je suis invitée dans une école. La maîtresse a bien motivé sa classe, les vingt-six mômes ont barbouillé chacun un chat multicolore. C'est mon cadeau : vingt-six chats multicolores reliés par un ruban de velours jaune. Je suis très émue et eux aussi, vu qu'ils ont devant eux la formidable personne qui a fait le beau livre. Ils en profitent pour me demander – chacun leur tour parce qu'ils n'écoutent pas la question précédemment posée – si je « fabrique » les dessins avant l'histoire, ou plutôt l'histoire avant les dessins. Je leur explique que les dessins, c'est pas moi, c'est l'illustrateur. Ils ne savent pas ce que c'est, un illustrateur, mais ils sont très déçus que je ne sache pas dessiner. Eux, ils savent.

Une autre, qui est très déçue aussi, c'est la petite fille à qui j'ai dédié le livre. Sa maman, qui est une amie, lui lit le livre tous les soirs depuis trois semaines, et comme je viens dîner, elle lui dit : « Tu vois, c'est Marie-Ange, c'est elle qui raconte l'histoire que tu aimes bien. » La môme me regarde de traviole et proteste : c'est maman qui raconte l'histoire, faut pas la prendre pour une buse.

LE RESTO QUI SE LA PÈTE

Le bon côté de la chose, quand on écrit des trucs, c'est qu'on fréquente des gens qui écrivent des machins, dans un domaine plus gratifiant. J'ai une copine qui fait critique gastronomique. Un soir, elle m'invite à tester un nouveau restaurant : « Ils font dans le chicos, on va se marrer », me dit-elle. En effet, on se marre. Arrivée devant le lieu, elle abandonne sa bagnole (un tas de boue millésime 1972) au milieu de la rue et suggère poliment au larbin qui stagne à l'entrée de bien vouloir la lui garer. Le type la regarde comme si elle venait de lui roter à la gueule, et lui demande en se bouchant le nez si elle a réservé. Elle dit oui, elle lui chuchote son nom à l'oreille, le mec sourit à s'en exploser les canines et se précipite vers le tas de boue. On n'attendait que nous, mais pas sous cette forme. Le maître d'hôtel, qui a des antennes, se matérialise illico à l'entrée, nous propulse à l'intérieur sur des moquettes de dix centimètres d'épaisseur et nous pose au centre du désert de Gobi, en moins peuplé. Du gris, du jaune poussin, du design post Feng Shui, une délicate senteur de savonnette à la rose, une musique genre « veuillez patienter quelques instants tous nos conseillers sont en ligne » – mais d'âme qui vive, point. En effet, ils ont besoin d'un peu de com. Après s'être livré au ballet rituel qui consiste à tirer et pousser des chaises afin que nous posions nos derrières sur les chaises et non à côté, le maître d'hôtel toussote et engage la conversation avec *la cible* : « J'aime beaucoup Albert », dit-il à ma copine. (Albert, c'est l'attaché de presse du restaurant.) Comme ma copine reste coite, il s'inquiète : « Remarquez, on peut le détester. C'est comme ça, avec Albert, on l'aime ou on le déteste. » Ma copine se montrant toujours aussi coite, bien qu'à demi souriante, il se tire, un peu désorienté. On s'envoie deux ou trois apéros, suivis d'une entrée miniature : un œuf de caille servi sur une petite assiette perdue au centre d'une grande assiette elle-même posée sur une assiette plus vaste – dont le rayon, si mes calculs sont bons, est dix-neuf fois supérieur à celui du jaune d'œuf. On avale l'embryon de caille cul sec, et le serveur nous déblaie aussitôt les trois assiettes et les six couverts. Après, on a un machin aux truffes avec la farandole de pousses d'ortie de mer. Comme je n'ai jamais su faire la différence entre une écumoire et un court-bouillon, je ne suis pas à même d'apprécier l'exploit culinaire, mais je trouve ça plutôt pitchoune – un peu court en bouche, si vous voulez. On a déjà testé trois pinards, on attaque le quatrième, je prends du fromage et ma copine n'en prend pas. On lui pose une assiette quand même, pour qu'elle ne s'ennuie pas, dit le maître d'hôtel qui l'aime énormément. Au moment d'avaler ma framboise au coulis de veau, je m'aperçois que j'ai un peu trop bu (c'est bien possible) ou trop mangé (ça m'étonnerait) ou trop chaud. Ou alors c'est à cause du serveur, un gentil garçon aspergé d'une eau de Cologne virulente qui lutte avec la savonnette à la rose. En tout cas, je vois flou. Je me lève avec dignité et me dirige vers les toilettes, mais je ne tiens pas jusqu'au bout de mon projet. Bref, je chute et j'en fous partout. Le staff au complet me rassure aussitôt. Gerber sur la moquette n'est pas bien grave, pensez-vous, ça arrive à tout le monde, on a vu pire. (Ah bon ?) On me paluche, on me poupougne, on me remet sur pied, le larbin du dehors nous livre la bagnole à domicile. Et en rentrant, la copine rédige trois lignes où elle dit que la nourriture manque d'imagination. Ça, c'est un beau métier !

JUSTE POUR DIRE AU REVOIR

« C'est toujours interdit de pratiquer une autopsie sur quelqu'un de vivant ? »

Gregory House

REMERCIEMENTS

Merci aux habitants du Passage, qui traitent l'auteur comme s'il était leur enfant, leur ami ou leur matou préféré – avec délicatesse, humour et affection –, quels que soient les résultats obtenus dans la colonne « bénéfices ».

Merci à Manu Larcenet, qui m'a si gentiment (et avec enthousiasme, ce qui n'est pas un mince détail) dessiné une dame en colère. Et pendant que j'y suis, merci à Anne-Claire Larcenet, l'adorable vétérinaire que j'ai complètement oublié de remercier pour l'aide apportée à mon autre livre, *Qui dit chat dit chien*. (Dargaud, illustrations de Florence Cestac, dans toutes les bonnes librairies.)

Merci à Gégé, qui m'a vendu le petit vin sympa avec l'étiquette rigolote.

Merci à Jean-Claude, l'informaticien poète qui m'a installé une « petite maison sans prairie » dans le Tri-Backup.

Merci à Vincent, Armelle et Jérôme – ils savent pourquoi.

Merci à Olivier Bernard – il sait pourquoi aussi.

Et malgré tout, merci aux nuisibles et autres casse-couilles souvent inoffensifs, parfois amusants, et parfois carrément teigneux qui m'ont aidée à meubler ce livre.

TABLE

DU MÊME AUTEUR

LE VOLEUR DE DENTELLES, roman, avec Gérard Lauzier, Orban, 1985.

WILLIAM SHELLER, biographie, Seghers, 1989.

GOSCINNY, biographie, avec José-Louis Bocquet, Actes Sud, 1997.

DESPROGES, PORTRAIT, biographie, Le Seuil, 2000.

LA DERNIÈRE NUIT, nouvelles, Le Passage, 2002.

L'ODEUR DE L'HOMME, chroniques, Éditions du Panama, 2005.

ILS S'EN ALLAIENT FAIRE DES ENFANTS AILLEURS, roman, Panama, 2006.

L'HISTOIRE D'UN CONTEUR ÉCLECTIQUE, Fred, Dargaud, 2011.

TOUT LE CIMETIÈRE EN PARLE, Le Passage, 2011.

QUI DIT CHAT DIT CHIEN, illustrations de Florence Cestac, Dargaud, 2012.

DU MÊME AUTEUR

Livres jeunesse

SACRÉ RAOUL, illustrations de François Roca, Patrick Couratin pour Le Seuil, 2002.

COMMENT CHASSER UN MONSTRE, illustrations de Henri Galeron, Patrick Couratin pour Le Seuil, 2003.

MES CHERS VOISINS, illustrations de Nicole Claveloux, Patrick Couratin pour Le Seuil, 2003.

SUZANNE, illustrations de François Roca, Patrick Couratin pour Le Seuil, 2004.

LE PARADIS DES OURS EN PELUCHE, illustrations de Tina Mercié, Patrick Couratin pour Le Seuil, 2004.

MONSIEUR, illustrations de Henri Galeron, Patrick Couratin pour Panama, 2008.

Achevé d'imprimer
sur les presses de l'imprimerie
freiburger graphische betriebe
(Fribourg-en-Brisgau), en août 2012

Dépôt légal : octobre 2012
ISBN : 978-2-84742-197-2
Imprimé en Allemagne